AF642160

Dieses Buch gehört:

In der Reihe *Die Chaos-Klasse*

sind bei Ueberreuter erhältlich:

Band 1: Schule geklaut!

Band 2: Tumult am Pult

Band 3: Wirbel im Wald

3. Auflage 2019
© Ueberreuter Verlag GmbH, Berlin 2017
ISBN 978-3-7641-5104-1

Alle Rechte vorbehalten. Das Werk darf – auch teilweise – nur mit Genehmigung des Verlages wiedergegeben werden.
Übereinstimmungen und Ähnlichkeiten mit lebenden Personen oder Familien sind rein zufällig und nicht beabsichtigt.
Lektorat: Emily Huggins
Umschlag- und Innenillustrationen: Frau Annika

Druck und Bindung: Finidr, s. r. o., Český Těšín,
Gedruckt auf Papier aus geprüfter nachhaltiger Forstwirtschaft.
www.ueberreuter.de

Usch Luhn

Die Chaos-Klasse

Schule geklaut!

Band 1

Mit Illustrationen von Frau Annika

ueberreuter

Inhalt

Zora macht Dampf

Es war die letzte Woche der Sommerferien. Die Sonne strahlte wie verrückt, damit die Kinder schnell noch baden gehen und ihre freien Tage richtig genießen konnten. Denn bald hieß es schon wieder: Schulrucksack raus und den ganzen Vormittag still sitzen und lernen.

Die Katzen lagen faul im hohen Gras und selbst die Kaninchen im Park hielten Mittagsschläfchen. Die Südstädter bewegten sich im Schneckentempo durch die Straßen oder saßen im schattigen Café vor riesigen Eisbechern. So warm war es überall!

Nur Zora hatte es furchtbar eilig. Bis eben hatte sie noch auf ihre Brüder Ben und Marius aufgepasst, das neue Legehuhn Daisy eingefangen und mit Omas Hilfe ihr Fahrrad geflickt, das ausgerechnet heute einen Platten hatte. Rasch war sie in ihr neues T-Shirt geschlüpft, das sie mit Stofffarbe selber bemalt hatte. Erst dann war sie auf ihrer regenbogenfarbenen Fahrradmöhre losgekurvt.

Gerade noch rechtzeitig. Sie durfte auf keinen Fall zu spät kommen, wenn ihre beste Freundin Elli am Bahnhof eintraf. Elli hatte die letzten drei Wochen bei ihrer Tante Almut auf einer Insel an der Nordsee verbracht. Dorthin war sie ganz alleine mit dem Zug gereist.

Zora hatte Elli ganz schrecklich vermisst. Die beiden Freundinnen wohnten Haustür an Haustür und waren sonst unzertrennlich.

Zora lebte mit ihren drei kleinen Geschwistern Ben, Marius, Viktoria und ihren Eltern in dem Haus der Hühneroma. Die Hühneroma war früher Briefträgerin gewesen, genau wie Zoras Papa jetzt. Aber nun kümmerte die Hühneroma sich nur noch um ihre Hühner und natürlich um Zoras Familie.

Ben kam in die Vorschule, Marius in den Kindergarten und Viktoria war erst vor einem halben Jahr geboren und ein total knuddeliges Baby. Zoras Mama arbeitete als Kindergärtnerin, aber weil Viktoria noch so klein war, leitete sie nur die Baby-Schwimmgruppe und turnte mit den Kleinen.

Der Weg zum Bahnhof war ziemlich weit. Zora trat heftig in die Pedale. Sie musste von der Südstadt in die Nordstadt. Das dauerte eine gute Viertelstunde.

Jetzt sauste sie an ihrer geliebten Sonnen-Grundschule vorbei. Die Sonnenschule war schon ziemlich alt und leider ein wenig baufällig, aber total gemütlich, mit einem schattigen Garten und einem grünen Klassenzimmer. In der Woche vor den Zeugnissen war nach einem heftigen Gewitter das Dach kaputt gegangen und Dachziegel waren auf den Schulhof gerutscht. Zum Glück wurde niemand dabei verletzt. Sogar ein Reporter von der Zeitung tauchte auf und die Sonnenschule war ein paar Tage Stadtgespräch. Der Schulhof wurde mit Flatterband abgesperrt und die Schüler kriegten eine ganze Woche früher Sommerferien. Sehr cool! Bisher war das Dach nicht repariert worden und niemand hatte ein Baugerüst aufgestellt. Seltsam. Schließlich fing der Unterricht bald schon wieder an.

Gleich in der Nähe des Bahnhofs stand die Nordschule, die Grundschule, die nur die Nordstadt-Kinder besuchten. Das Gebäude war nagelneu – erst vor vier Jahren war es eingeweiht worden. Die Nordschule hatte zwar einen riesigen Schulhof mit tollen Klettergerüsten, einem Baumhaus und ein eigenes Schwimmbad, aber Zora fand den grauen Betonklotz potthässlich. Das Einzige, was Zora an der Nordschule gut gefiel, war der Schülerkiosk. Der hatte sogar in den Sommerferien geöffnet. Deshalb steuerte ihn Zora jetzt an.

Ihre Freundin Elli liebte die rotgelben Gummischlangen mit Zucker, die so sauer schmeckten, dass es einem die Backen zusammenzog. Damit wollte Zora Elli überraschen.

Zora raste den Bahnhofsweg entlang und bog in die Schillerstraße ab. Direkt vor dem Kiosk bremste sie scharf und sprang aus dem Sattel. Links neben der großen Glasscheibe gab es eine rote Klingel. Durch die Scheibe konnte man die vielen Gläser mit den Süßigkeiten sehen. Sogleich lief Zora das Wasser im Mund zusammen. Sie liebte Lakritzschnecken.

Zora klingelte. Nichts rührte sich. Sie schaute auf ihre Armbanduhr.

Noch zehn Minuten, dann kam der Zug an! Zora klingelte noch mal. Und noch mal. Sie drückte ihre Nase gegen die Scheibe und lugte in das Innere. Die hintere Tür des Kiosks stand offen. Zora konnte in den Garten sehen. Dort entdeckte sie Timo in einer Hängematte. Seine Katze Kleopatra schlummerte auf seinem Bauch. Sah aus, als würde Timo auch schlafen.

Timo war so alt wie Zora und Elli. Sie kannten sich aus dem Kindergarten, dann war Timo von der Südstadt in die Nordstadt gezogen. Timos Papa war nämlich der Hausmeister der Nordschule.

Seit Timo in die Nordschule ging, hatten Elli und sie wenig

mit Timo zu tun. Überhaupt herrschte zwischen den beiden Schulen eine unausgesprochene Feindschaft.

Oh Mann. Der Junge pennte.

Zora läutete Sturm und klopfte gegen die Scheibe. »Timo!«, brüllte sie. »Wach auf, du Schnarchnase!«

Kleopatra suchte das Weite und Timo schreckte hoch. Er rollte aus der Hängematte und trabte zur Glasscheibe. »Hey, Zora!«, sagte er und lächelte sie erfreut an.

»Fünf Schlangen für Elli, aber dalli ... bitte«, forderte Zora. »Ihr Zug kommt gleich.«

»Ach ja. Elli war bei ihrer Tante Almut am Meer. Die Glückliche ...«, sagte Timo.

Zora war wirklich nicht nach Quatschen zumute. »Timo!«, machte sie ihm Dampf. »Ich hab es eilig. Gib mir noch zwei Lakritzschnecken.« Sie nahm Geld aus ihrem Brustbeutel und zählte die Münzen ab.

Timo füllte eine Papierspitztüte mit den Schlangen und Schnecken. Außerdem steckte er noch zwei weiße Mäuse dazu. »Die mag Elli auch gerne«, sagte er. »Geschenk des Hauses.«

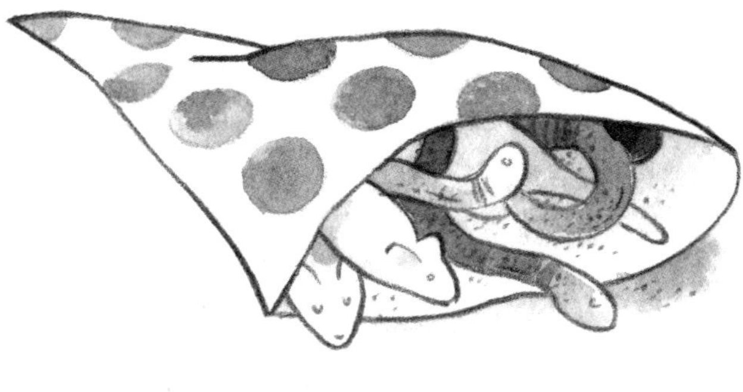

Zora nickte ungeduldig. »Alles klar.« Sie riss ihm die Tüte aus der Hand und schwang sich wieder auf ihr Fahrrad.

»Schöne Grüße an Elli!«, rief Timo ihr hinterher, als Zora davonstrampelte. Jetzt musste sie sich aber wirklich beeilen.

Sie lehnte ihr Fahrrad einfach an den Zaun vor dem Bahnhofsgebäude und raste in den Bahnhof. Rumms!

Zora stieß unsanft mit jemandem zusammen. Im selben Moment matschte etwas ihr Gesicht zu. Es roch unangenehm süßlich. »Ihhh!«, kreischte sie und öffnete dummerweise ihren Mund. Das Zeug schmeckte nach … »Vanille! Pfui!« Sie blinzelte heftig und entdeckte einen blonden Jungen in ihrem Alter, der sie verdutzt anstarrte.

»Mein Eis«, sagte er vorwurfsvoll und biss von dem übrig gebliebenen Hörnchen ab. »Kannst du nicht aufpassen, wo du langläufst?«

Das Vanilleeis tropfte auf Zoras kunstvoll bemaltes Shirt. Augenblicklich wurde sie furchtbar wütend. »Und kannst du nicht aufpassen, bevor du dein Eis fremden Leuten um die Ohren schmierst?«

Der Junge grinste. »Für deine Ohren hat es nicht gelangt. Aber das Shirt sieht jetzt cool aus. Moderne Kunst.«

Zora hätte seine knallblauen Augen gerne in Veilchenblau verwandelt. Aber dass Prügeln keine Lösung war, wusste sie selbst so stinkwütend. »Mir aus den Augen!«, rief sie theatralisch und schob ihn zur Seite. »Ich habe es eilig.«

Sie wischte sich mit den Händen das Gesicht sauber und raste weiter auf Bahnsteig 2. Dort entdeckte sie Ellis Papa, Herrn Schwalbe. Er trug trotz der Hitze einen Anzug und schwarze geschlossene Schuhe – wahrscheinlich, weil er der Bürgermeister war. Er konnte ja nicht in kurzen Hosen und Sandalen im Rathaus herumsitzen. Gerade holte er ein riesiges Stofftaschentuch hervor und wischte sich die Stirn.

Zora steuerte auf ihn zu. »Hallo, Herr Schwalbe!«, rief sie. »Ist das nicht toll, dass Elli endlich wieder nach Hause kommt?«

Herr Schwalbe begrüßte Zora freundlich. »Finde ich auch«, sagte er. »Ich habe Elli schrecklich vermisst. Es war so ruhig und leer in unserer Hütte.« Die *Hütte* der Schwalbes war viel größer als das Haus von Zoras Familie, mit einer riesigen Dachterrasse. Elli hatte keine Geschwister, da konnte sich Zora gut vorstellen, dass Herr Schwalbe sich gelangweilt hatte. Denn außer, dass mal Omas Hühner in Schwalbes Gemüsegarten flogen, passierte im Haus Schwalbe nicht sehr viel. Seit Elli bei ihrer Tante in den Ferien war, lag Frau Schwalbe auf der Gartenliege, bräunte sich und las einen Liebesroman nach dem anderen.

Er zeigte auf ihr Shirt. »Eis-Unfall?«, fragte er mitleidig. Er reichte ihr sein Taschentuch und Zora rubbelte ihr Shirt, so gut es ging, sauber.

Gerade als der Zug einfuhr, fiel Zora etwas sehr Wichtiges ein.

»Herr Schwalbe, wann wird denn unser Schuldach repariert?«, fragte sie. »Die Schule geht doch in einer Woche los.«

Bürgermeister Schwalbe guckte plötzlich verlegen und wischte sich über die feuchte Stirn. »Tja, Zora. Weißt du, in unserer Stadtkasse ist Ebbe. So wie bei euch Kindern, wenn ihr euer ganzes Taschengeld ausgegeben habt. Nur, dass wir im Rathaus niemanden haben, der uns dann einen Vorschuss gibt. Wir haben deshalb eine andere Lösung gefunden.« Er lächelte beruhigend. »Eine sehr gute Lösung.«

Zora runzelte die Stirn. Das hörte sich aber sehr seltsam an.

In diesem Augenblick hielt der Zug, die Türen gingen auf und Elli sprang aus dem Zug. Die Freundinnen fielen sich in die Arme, drückten sich doll und ließen sich gar nicht mehr los.

»Du riechst lecker nach Vanille«, rief Elli. »Und todschick, dein Shirt. Nur 'n bisschen klebrig.«

Zora nickte grimmig. »Erzähl ich dir später.«

Herr Schwalbe räusperte sich ungeduldig. »Krieg ich keinen Kuss von meiner Inselprinzessin?«, fragte er und hob Elli, die einen Kopf kleiner als Zora war, wie eine Feder hoch und wirbelte sie herum.

»Papa!«, kreischte Elli. »Mir wird schwindlig.«

Zora grinste. Herr Schwalbe war wirklich ganz verrückt

nach seiner Tochter und verwöhnte sie nach Strich und Faden. Zum Glück benahm sich Elli überhaupt nicht wie ein verzogenes Einzelkind. Ganz im Gegenteil. Zora fand, Elli war die allerbeste Freundin, die man sich wünschen konnte.

Endlich Elli und eine böse Überraschung

»Die Mäuse sind von Timo«, sagte Zora, als sie Elli die Süßigkeiten überreichte.

Elli kicherte. »Das ist ja nett. Danke, Zora. Ich hab dir auch was mitgebracht. Ist aber noch in meinem Koffer.« Sie klopfte gegen den knallroten Koffer, den Herr Schwalbe hinter sich herzog.

»Stopf dich jetzt nicht mit Süßkram voll«, warnte Herr Schwalbe.

»Wir wollen im Rathaus Mittag essen. Kommst du mit, Zora?«

Zora nickte eifrig. Ab und zu durfte sie mit Elli im Rathauskeller essen. Das fand sie immer sehr spannend. Das Rathaus war ein uraltes Gebäude, mit Holzbildern in goldenen Rahmen und Fotografien der früheren Bürgermeister und sogar einer ziemlich gruseligen Ritterrüstung. Wenn Zora mal erwachsen war, wollte sie selber Bürgermeisterin werden. Dann würde auch ihr Foto dort hängen. Schließlich war sie bereits das zweite Jahr Klassensprecherin und im letzten Halbjahr hatte sie ein Training als Streitschlichterin gemacht. Das war ziemlich toll gewesen.

»Sucht euch was aus!«, forderte Herr Schwalbe die Mädchen auf, als sie an der Selbstbedienungstheke im Rathauskeller standen. Zora entschied sich für Spaghetti mit Gemüsesoße, Elli nahm das gebratene Fischfilet.

Herr Schwalbe wurde von allen Seiten gegrüßt. Zora konnte ihn gut leiden. Er war ein toller Bürgermeister und ein noch netterer Vater. Auch wenn er hier im Rathaus einen Anzug trug, robbte er mit Elli schon mal auf dem Bauch durch Matschepampe. Sie suchten sich einen gemütlichen Eckplatz und Herr Schwalbe holte noch Saft und Wasser zum Trinken.

»Ich bin mit einem Krabbenfischer auf das Meer hinausgefahren«, erzählte Elli. »Papa, kannst du mal meinen Koffer aufmachen?«, bettelte sie, als Herr Schwalbe die Getränke auf den Tisch stellte. »Ich muss Zora ihr Geschenk geben.« Sie klappten gemeinsam den Koffer auf und Ellis Klamotten quollen heraus.

»Elli!«, rief Herr Schwalbe entsetzt. »Das nennst du packen? Du hast ja alles einfach so hineingestopft.«

Elli zuckte mit den Schultern. »Tut mir leid, Paps. Ich hatte keine Zeit, es ordentlich zu machen.« Sie wühlte in dem Klamottenberg.

Endlich zog sie eine riesige Muschel hervor. Sie schillerte in vielen Farben und sah wunderschön aus. »Die Muschel hat der Fischer mit seinem Netz aus dem Wasser geholt«, erzählte sie. »Ich bin mir ganz sicher, dass es eine Wunschmuschel ist. Hör doch mal.« Elli hielt die Muschel an Zoras Ohr. »Wenn man das Meeresrauschen hört, darf man sich was wünschen und das geht dann in Erfüllung.«

Zora nickte. Eigentlich hatten sie mal gelesen, dass man nicht das Meer, sondern seine eigenen Kopfgeräusche rauschen hörte. Aber sie wollte gerne glauben, dass das eine Wunschmuschel war.

»Ich wünsche mir noch Eis als Nachtisch«, sagte Herr Schwalbe launig. »Ihr auch?«

Ein älterer Herr mit Goldrandbrille kam vorbei und klopfte zum Gruß mit seinen Fingerknöcheln auf den Tisch. »Hallo, Albert«, grüßte er den Bürgermeister. »Hast du die Jugend schon in unsere tollen Pläne eingeweiht? Die sind doch sicher begeistert.« Er zwinkerte den Mädchen zu und ging weiter.

Elli runzelte die Stirn. »Was meinte Herr Werner, Papa?«, fragte sie misstrauisch. »In was sollst du uns einweihen?«

»Wer ist Herr Werner?«, fragte Zora neugierig. Als zukünftige Bürgermeisterin musste sie natürlich über alle Leute im Rathaus genau Bescheid wissen.

»Herr Werner ist für unser Geld zuständig«, erklärte ihr Herr Schwalbe.

Zora nickte. »Also wie unsere Hühneroma.« Die Hühneroma verwaltete die Haushaltskasse und bezahlte die Handwerker und guckte auch sonst, dass es auf dem Familienkonto stimmte.

Elli nickte. »Aber die Hühneroma ist viel netter«, sagte sie.

Herr Schwalbe lächelte. »Herr Werner passt auf das Geld der Stadt auf. Man kann nur so viel Geld ausgeben, wie da ist. Und deshalb …« Er stand abrupt auf. »Ich hole uns erst mal eine große Ladung Eis.« Und schon war er weg.

»Nicht noch mehr Eis!«, stöhnte Zora.

Elli guckte ihrem Vater besorgt hinterher.

»Da stimmt was nicht«, murmelte sie. »Ich kenn Paps doch.«

Ellis Vater kam mit einem großen Tablett zurück, auf dem Schälchen mit verschiedenen Eissorten und ein Becher Sahne standen.

»Lasst es euch schmecken«, sagte er fröhlich.

»Papa. Was ist los?«, fragte Elli und schob sich einen Löffel Schokoeis in den Mund.

Bevor Herr Schwalbe antwortete, probierte er das Zitroneneis. »Sehr lecker«, lobte er. »Hausgemacht, sagte die Dame an der Kasse.«

Elli schob das Tablett zur Seite. »Papa …«, wiederholte sie streng. »Nicht ablenken. Das sagst du sonst immer zu mir.«

Herr Schwalbe seufzte. »Tatsache ist, die Stadt ist knapp bei Kasse. Ein Hausdach zu reparieren, das so groß ist wie das der Sonnenschule, können wir uns nicht leisten. Außerdem ist das Gebäude alt und baufällig. Die Heizung klappert, die Wände müssten dringend gestrichen werden, die Fußbodenbeläge ausgewechselt, weil das Linoleum brüchig geworden ist …« Er machte eine kleine Pause. Nach zwei weiteren Löffeln Vanilleeis nahm er sich schließlich ein Herz. »Deshalb haben wir entschieden, die Sonnenschule und die Nordschule zusammenzulegen. Die Sonnenschüler gehen ab dem neuen Schuljahr in die Nordschule. Dort könnt ihr die tolle Turnhalle, das Hallenbad, den schönen Schulhof und alle anderen Vorteile genießen, die so eine nagelneue Schule zu bieten hat.« Er setzte sein strahlendes Bürgermeister-Lächeln auf. »Ist das nicht toll?«

Zora und Elli wurden erst so blass wie das weiße Zitroneneis und dann krebsrot wie das Himbeereis.

»Nein«, krächzte Zora. Vor Schreck hatte sie für einen Moment ihre Stimme verloren.

Dafür schrie Elli umso lauter. »Nein, nein, nein!«, brüllte sie durch den Ratskeller, dass die Kellnerin eine Handvoll Löffel fallen ließ. »Das ist total blöd. Ich will weiter in die Sonnenschule gehen! Sonst gehe ich gar nicht mehr in die Schule. Und ich schreib nur Fünfen.« Sie begann heftig zu schluchzen und warf sich Zora um den Hals.

Die Besucher des Ratskellers hörten auf zu essen und schauten neugierig herüber. Was war da los? Einige tuschelten und ein Reporter, der eigentlich die Brautpaare fotografieren sollte, machte eilig ein paar Schnappschüsse.

Zora streichelte Elli und versuchte sie zu trösten. Dabei kamen ihr selber die Tränen. Sie räusperte sich. »Was wird dann aus der schönen Villa und unserem grünen Klassenzimmer?«

Elli schluchzte immer noch und Herr Schwalbe rang verzweifelt die Hände. Eine Sache hielt er gar nicht aus – dass seine Tochter weinte. Aber schließlich war er ja auch Bürgermeister. Und in diesem Amt musste man Entscheidungen treffen, die nicht alle gut fanden.

»Ihr werdet euch schon daran gewöhnen. In ein paar Monaten lacht ihr darüber, dass ihr euch so aufgeregt habt. Kommt, esst das leckere Eis, bevor es ganz schmilzt.«

Elli antwortete nicht. Sie nahm Zora an der Hand und zog sie zur Tür. »Tschüss, Herr Bürgermeister«, sagte sie finster. Den Koffer ließ sie geöffnet stehen. Sollte sich doch ihr Vater darum kümmern.

»Halt! Meine Muschel!«, rief Zora und kehrte noch mal um.

Während sie aus dem Ratskeller rannten, drückte Zora die Muschel an ihr Ohr. Jetzt durfte die Muschel ihr gleich mal beweisen, was sie konnte. »Ich will meine alte Schule zurück, ich will meine alte Schule zurück!«, flüsterte sie.

Gemeinsam stiegen sie auf ihr Fahrrad. Zora auf den Sattel, Elli auf den Gepäckträger. Elli stopfte gleich zwei Zuckerschlangen auf einmal in ihren Mund. Das half ein bisschen.

Dann radelte sie los.

»Wir müssen den anderen Kindern aus der Klasse Bescheid sagen«, nuschelte Elli.

»Gute Idee«, keuchte Zora beim Pedaletreten. »Wir rufen alle an. Treffen in zwei Stunden im grünen Klassenzimmer.«

Die geklaute Schule

Die Sonnenschule war ein altes Haus aus rotem Ziegelstein. Die Mauern waren hoch mit Kletterrosen bewachsen wie beim Dornröschen-Schloss. Nur das löchrige Dach störte den hübschen Eindruck. In den Schornstein hatten Krähen ein Nest gebaut und ihre Jungen kreischten schlecht gelaunt, sobald sich jemand dem Schulgebäude näherte.

So wie jetzt gerade. Nach und nach versammelten sich die Kinder im grünen Klassenzimmer, das sie mit ihrer Lehrerin Frau Sorge im letzten Schuljahr angelegt hatten. Es befand sich an der Südseite der Schule. Dort waren keine Dachziegel heruntergefallen, deshalb war dieser Teil des Hofes auch nicht mit Flatterband abgeriegelt wie der Rest.

Das grüne Klassenzimmer war kein Zimmer, sondern ein wunderschöner Garten mit vielen bunten Blumen. Schmetterlinge flatterten umher, Bienen summten um die Wette. Zora und Elli hatten ein Kräuterbeet mit Minze gepflanzt, und Frau Sorge hatte aus den Blättern leckeres Minzeis gezaubert. Seit die Schule geschlossen war, kümmerte sich die Hühneroma darum, dass die Kräuter regelmäßig gegossen wurden. Den Salat hatten inzwischen die Schnecken gemampft.

Zwischen den Blumen lagen runde Steinplatten, auf denen die Schüler saßen, wenn Frau Sorge im grünen Klassenzimmer unterrichtet hatte. Dann ging es um Umwelt und Mülltrennung, artgerechte Tierhaltung und viele Pflanzen.

Heute stand allerdings ein ganz anderes Thema auf dem Stundenplan. Fast alle Steine waren besetzt.

»Stellt euch vor«, rief Elli wütend. »Gerade haben wir erfahren, dass unsere Schule geklaut wurde. Vom Bürgermeister höchstpersönlich.«

Wenn Elli sauer auf ihren Vater war, nannte sie ihn nicht mehr *Paps* oder *Papilein*. Dann war er einfach der Bürgermeister. Ihr kamen die Tränen und sie konnte nicht mehr weitersprechen.

Zora übernahm. »Die Sonnenschule wird geschlossen. Die Stadt ist pleite, deshalb kann unser Schuldach nicht mehr repariert werden. Wir müssen ab dem neuen Schuljahr die Nordschule besuchen!«

Die Kinder sprangen empört auf. »Frechheit!«, brüllte Linus. »Man kann uns doch nicht die Schule klauen.«

Astrid kamen die Tränen. Sie war die Jüngste in der Klasse und sehr tierlieb. »Was wird dann aus unserem Vogelhaus?«, rief sie verzweifelt.

Alle quatschten und schimpften durcheinander.

Schließlich fragte Alma laut: »Was ist denn mit Frau Sorge? Bleibt sie unsere Klassenlehrerin?«

Die Kinder verstummten erschreckt. Frau Sorge war eine richtig nette Lehrerin. Sie unterrichtete die Kinder seit der ersten Klasse.

»Ja, genau. Was ist denn mit Frau Sorge?«, wiederholte Astrid ängstlich.

Zora zuckte mit den Achseln. »Keine Ahnung.«

Und Elli fügte hinzu: »Über Frau Sorge hat der Bürgermeister nichts gesagt.«

»Dann musst du sofort Frau Sorge anrufen«, sagte Max zu Zora. »Du bist unsere Klassensprecherin.«

Zora nickte. »Am besten, ich fahre mit dem Rad zu ihr.« Sie guckte Elli an. »Kommst du mit?«

Elli nickte. »Aber klar.«

»Wir gehen alle mit«, schlug Linus vor. »Könnte doch sein, dass Frau Sorge vor Schreck ohnmächtig wird. Dann müssen wir sie retten.«

Er hatte in den Ferien einen Erste-Hilfe-Kurs gemacht und brannte darauf, sein Wissen auszuprobieren.

»Oder trösten«, schniefte Astrid. »Bestimmt muss Frau Sorge heulen. So wie ich. Dann kann ich sie gut trösten.«

Bevor die Kinder losgingen, füllten sie noch schnell die Vogelbäder mit frischem Wasser und pflückten einen Blumenstrauß für ihre Lehrerin. Linus und Max strampelten auf ihren Rädern voran, Astrid kurvte auf ihrem Roller mit und Elli hüpfte wieder auf den Gepäckträger von Zoras Drahtesel.

Das war wirklich ein seltsamer Zug, der sich da auf den Weg zu Frau Sorge machte. »Wie zu Sankt Martin«, stellte Alma fest. »Nur ohne Laternen und ohne Süßigkeiten. Schade eigentlich.«

Frau Sorge wohnte in einem Siedlungshaus am Rande der Südstadt.

»Du musst es ihr sagen, Zora«, entschied Elli und drückte mutig auf den Klingelknopf.

Nichts rührte sich. Sie klingelte ein zweites Mal.

»Vielleicht ist sie am Badesee«, überlegte Linus.

»Sie liegt bestimmt in ihrer Hängematte«, rief Astrid. Sie erinnerte sich daran, dass Frau Sorge zum Geburtstag eine Hängematte bekommen hatte.

Max nickte. »Gute Idee.«

Sie liefen auf einem schmalen Steinweg an der Hauswand entlang in den hinteren Garten. Und wirklich! Frau Sorge schaukelte zwischen zwei Apfelbäumen gemütlich in einer riesigen Hängematte und las.

»Hallo, Frau Sorge!«, jubelte Astrid und rannte quer über die Wiese auf ihre Lieblingslehrerin zu.

Überrascht ließ Frau Sorge ihr Buch fallen. »Astrid! Na so was«, rief sie. Dann erst sah sie die anderen Kinder. »Ups? Was ist denn hier los? Hattet ihr Sehnsucht nach mir?« Sie kletterte aus der Hängematte und guckte sehr erstaunt.

»Entschuldigen Sie die Störung, Frau Sorge«, sagte Zora feierlich. »Aber wir haben eine sehr wichtige Nachricht für Sie. Unsere Schule wurde geklaut!«

Die Kinder sahen ihre Lehrerin gespannt an und Linus breitete schon mal die Arme aus, falls Frau Sorge umkippte.

Aber die Lehrerin seufzte bloß. »Ach, Kinder«, sagte sie. »Habt ihr es jetzt auch erfahren? Das ist ja wirklich eine ganz dumme Sache. Ich hoffe, dass ihr euch schnell an die Nordschule gewöhnen könnt. Das Hallenbad ist wirklich toll. So kann man viel besser für die Schwimmabzeichen üben.«

Das war nicht die Antwort, die die Kinder erwartet hatten. Sie starrten Frau Sorge verblüfft an. Ihre Lehrerin wusste bereits Bescheid? Zora schnappte wie ein Fisch nach Luft und kriegte kein Wort mehr heraus, obwohl Max sie auffordernd schubste.

Elli fing sich als Erste. »S-s-s-ie wissen es schon?«, stotterte sie.

Frau Sorge seufzte ein zweites Mal und nickte. »Seit drei Wochen. Der Bürgermeister hat mich höchstpersönlich angerufen und es mir erklärt. Ich habe dann gleich mal einen Antrag auf Beurlaubung gestellt. Ich möchte gerne zu meiner Tochter nach Australien, die arbeitet im Tierschutz. Dabei möchte ich helfen. Ich fliege schon nächste Woche.«

Astrid stieß einen klagenden Ton aus. Sie hörte sich an wie ein Robbenbaby, das seine Mutter sucht. »Neeeeein!«, jammerte sie. »Sie dürfen nicht verreisen, Frau Sorge. Sie müssen hier bei uns bleiben.« Sie stürzte auf ihre Lehrerin zu und vergrub ihr Gesicht, aus dem die Tränen wie ein Wasserfall schossen, in Frau Sorges Bauch.

Die Lehrerin umarmte Astrid liebevoll. »Aber, Kindchen. Erstens komme ich wieder zurück und zweitens freut sich Frau Bernstein schon riesig auf euch. Ich kenne Clara Bernstein schon ganz lange. Sie ist total lieb.«

Das war Astrid egal. Sie schluchzte laut und verzweifelt und ließ sich schließlich auf den Boden fallen. Mit beiden Fäusten trommelte sie auf dem Gras herum. »Nein, nein, nein!«

Linus hockte sich neben sie. »Brauchst du Erste Hilfe?«, fragte er hoffnungsvoll.

»Geh weg!« Astrid schubste ihn, sodass er umkippte.

»Na dann.« Linus guckte beleidigt. »Wer nicht will, der hat schon.«

Zora konnte nicht glauben, was Frau Sorge erzählte. »Frau Bernstein? Wieso Frau Bernstein? Die hat doch schon eine dritte Klasse.«

Frau Sorge setzte sich neben Astrid und streichelte ihr über den Kopf. »Die beiden dritten Klassen werden zusammengelegt. Ihr seid zehn Kinder, die Nordschule hat vierzehn Kinder in der Dritten. Das passt also prima.« Sie lächelte in die betroffenen Gesichter.

Max schüttelte den Kopf. »Das ist doch beknackt, Frau Sorge!«, rief er. »Wir wollen nicht in eine gemeinsame Klasse mit den Nordfuzzis. Auf gar keinen Fall, oder?« Er sah seine Mitschüler an.

»Auf gar keinen Fall!«, schrie ein Kind lauter als das andere.

»Abwarten«, sagte Frau Sorge beruhigend. »Ihr werdet euch ganz schnell anfreunden, das verspreche ich euch. Jetzt hole ich uns erst mal ein leckeres Minzeis, okay?« Sie lief schnell ins Haus.

Die Sonnenkinder machen Rabatz

»Das hat alles der Bürgermeister verbockt«, sagte Elli. »Schöner Mist.«

Nachdem sich die Kinder von Frau Sorge verabschiedet hatten, standen sie ratlos auf dem Bürgersteig herum.

»Ich wette, der Vorschlag kam von Herrn Werner«, ergänzte Zora finster.

Astrid hatte ein ganz verweintes Gesicht. »Wir gehen einfach nicht hin.« Sie stampfte wütend mit dem Fuß auf.

»Das erlaubt meine Mama nicht«, zweifelte Alma. »Außerdem möchte ich in das große Schwimmbad der Nordschule. Dann kann ich für das silberne Schwimmabzeichen üben.«

Astrid funkelte Alma böse an. »Verräterin«, schimpfte sie. »Du bist nicht mehr meine Freundin.«

Alma drehte sich weg. »Na und. Mir doch egal. Suche ich mir eine andere.«

Zora mischte sich ein. »Hey, hört auf euch zu zanken. Wir müssen überlegen, was wir tun können, damit wir unsere Sonnenschule zurückkriegen. Los. Gebt euch bitte die Hand und entschuldigt euch. Ihr seid doch schon so lange Freundinnen.«

Astrid biss sich auf die Unterlippe und guckte bockig.

»Alma!«, rief Zora ungeduldig. »Dann sei du vernünftig. Die Klügere gibt nach.«

Alma streckte ihre Hand aus. »Na gut. Friede«, sagte sie gutmütig.

»Ich hab eine Idee«, rief Linus. »Wir können Plakate malen und Handzettel schreiben, die mein Papa in seinem Copyshop kopiert. Damit alle in der Stadt wissen, was los ist.«

Zora klatschte Beifall. »Super Idee, Linus. Vielleicht kann ich meinen Vater überreden, dass er die Zettel in die Briefkästen einwirft, wenn er morgens die Post austrägt. Die Plakate hängen wir selber in der Stadt auf.«

Elli kicherte. »Ein Plakat kleben wir an die Nordschule!«

Gemeinsam überlegten sie, was auf dem Plakat zu lesen sein sollte.

»Ganz oben auf dem Plakat muss STOPP stehen«, schlug Zora vor. »Damit die Leute stehen bleiben und gucken.«

Max nickte. »Und darunter schreiben wir SCHULE GEKLAUT.«

»Und in kleiner Schrift darunter: Die 3a will ihre Sonnenschule zurück«, sagte Elli. »Wer malt die Plakate?«

Astrid meldete sich. Sie hatte eine Eins in Zeichnen auf dem Zeugnis und gerade neue Wachsmaler bekommen.

»Ich mach bei dir mit«, sagte Alma. Hannah und Marie übernahmen zwei weitere Plakate und Max versprach, die Handzettel auf seinem Computer zu schreiben, damit Linus' Vater sie schnell kopieren konnte.

»Elli und ich malen auch ein Plakat«, sagte Zora. »Und dann treffen wir uns morgen wieder im grünen Klassenzimmer. Einverstanden?«

Die Kinder der 3a verabschiedeten sich und zerstreuten sich in alle Richtungen. Astrid und Alma hüpften Hand in Hand davon.

»Am besten wir malen bei der Hühneroma«, sagte Zora.

Zoras Oma holte gerade einen Apfelkuchen aus dem Backofen, als die zwei Freundinnen in die Küche stürmten. »Elli!«, begrüßte sie Zoras Freundin herzlich. »Schön, dass du wieder da bist.«

»Es ist was ganz Schlimmes passiert, Oma!«, rief Zora. »Die Sonnenschule wird geschlossen.«

Die Hühneroma nickte. »Ich weiß, mein Schatz. Heute kam der Brief vom Schulamt. Ich dachte mir schon, dass ihr Trost brauchen könnt.« Sie zeigte auf den Apfelkuchen.

»Das lassen wir uns nicht gefallen«, schimpfte Zora. »Die können uns doch nicht einfach die Schule klauen. Wir malen Plakate und protestieren.«

Die Hühneroma nickte. »Gefällt mir, eure Idee. Ich verstehe auch nicht, warum das schöne Haus nicht renoviert wird. Die Stadt gibt ihr Geld nur für Unsinn aus.«

Zora nickte zufrieden. Sie und die Hühneroma waren auf einer Wellenlänge. Und die Hühneroma kannte sich mit Geld aus. Schließlich verwaltete sie die Haushaltskasse.

Zora und Elli verschwanden ins Kinderzimmer und gaben sich richtig Mühe mit dem Plakat.

Die Hühneroma war begeistert. »Sehr schön habt ihr das gemacht«, lobte sie die Mädchen und türmte ihnen zwei riesige Stück Apfelkuchen auf die Teller.

STOPP!
UNSERE SONNENSCHULE WURDE GEKLAUT.
Die 3a fordert ihre Schule zurück.
Aber dalli.

Aber dalli, sagte die Hühneroma immer zu ihren Hühnern, wenn sie abends in den Stall sollten. *Aber dalli,* sagte sie auch zu Zora, wenn sie morgens nicht aus dem Bett kam. Zora hoffte, dass *Aber dalli* den Leuten, die das Plakat lasen, Dampf machte, zu helfen.

Gerade als sich Zora und Elli ein drittes Stück Kuchen teilten, kam Zoras Vater von der Arbeit nach Hause. Er stand immer sehr früh auf und war mit seiner Tour am Nachmittag fertig.

»Papa!«, rief Zora und stürzte ihrem Vater in die Arme. »Die Sonnenschule wird geschlossen. Du musst uns helfen.«

Zoras Vater nickte. »Ich habe es bereits gehört. Das ist ja sehr schade. So ein schönes Gebäude. Aber leider alt und baufällig. Zu teurer Spaß.« Als Briefträger kriegte er die Neuigkeiten oft als Allerersterer mit.

»Du redest Quatsch, Robert«, mischte sich die Hühneroma ein.

Zoras Vater war ihr Sohn, deshalb durfte sie so mit ihm reden. »Man muss nicht immer alles neu bauen. Man kann Altes auch mal ausbessern, bevor man es abreißt.«

Zoras Vater guckte, als wäre er anderer Meinung. Aber er wollte der Hühneroma nicht widersprechen, sondern lieber erst mal ein Stück von ihrem tollen Apfelkuchen probieren.

»Was sagt denn der Bürgermeister dazu?«, fragte er Elli und hievte sich das größte Stück Kuchen auf seinen Teller.

»Der Bürgermeister hat den Mist ja mitverzapft«, sagte Elli geknickt.

»Ich finde, er hätte uns Schüler fragen müssen. Fies ist das.«

Zoras Vater brummte nur. Es war nicht ganz klar weshalb. Weil er Elli recht gab, weil er Elli nicht recht gab oder weil der Kuchen so lecker war.

Erst als er den letzten Krümel von seinem Teller gepickt hatte, sprach er weiter. »Und wie soll ich euch jetzt helfen?«, fragte er.

»Max schreibt einen Handzettel, so ähnlich wie unser Plakat«, erklärte Zora und hielt ihm das Plakat unter die Nase. »Und der Vater von Linus kopiert die Zettel. Und du sollst die Zettel mit deiner Post mit verteilen …«

»Bitte!«, fügte Elli schnell noch hinzu.

»Nee«, sagte Robert Sturm energisch. »Das ist nicht erlaubt. Ich bin doch Beamter. Ich darf nur verteilen, was morgens in meiner Postbox liegt.«

Zora sprang empört auf. »Aber du bringst so viel Reklame. Darüber meckerst du doch immer. Da kannst du doch auch unsere winzigen Handzettel einwerfen.«

Die Hühneroma kam ihm zu Hilfe. »Wenn ihr wollt, können meine Freundinnen von der Doppelkopfrunde und ich helfen. Ein bisschen Bewegung schadet uns nicht.«

Zora fiel der Hühneroma um den Hals. »Danke, danke, danke!«, rief sie. »Du bist nicht nur die beste Kuchenbäckerin, sondern auch die beste Oma auf der ganzen Welt.«

Die Nordstadt-Schüler kriegen Wind

Am nächsten Tag flatterten den Leuten in der ganzen Stadt bunte Zettel ins Haus. Plakate schmückten die Einkaufsstraße und heischten an den Bushaltestellen um Aufmerksamkeit. Zora und ihre Mitschüler waren zufrieden. Jetzt hieß es nur noch abwarten, bis der Protest in Gang kam.

»Kommst du mit zum Badesee?«, fragte Elli und schwenkte einen knallroten Badeanzug. »Schau mal, den hat Mama gestern für mich gekauft.«

»Klar.« Zora rannte in ihr Zimmer, um die Badesachen einzupacken. In der Küche schmierte sie sich schnell zwei Brote und steckte eine Flasche Limo in ihren Rucksack. Eilig schrieb sie ihrer Mutter, die mit Klein-Vicky beim Kinderturnen war, einen Zettel, wo sie war. Dann konnte es losgehen.

Elli schob gerade ihr Fahrrad aus der Garage. Sie hatte ihren neuen Badeanzug bereits an und eine Shorts übergezogen. Es war schon wieder brütend heiß.

»An der Nordsee bin ich gesurft«, erzählte sie, als sie mit

Zora Seite an Seite zum Badesee radelte. »Einmal hat mich eine große Welle gepackt und herumgeschleudert, sodass Tante Almut mich retten musste. Das war voll lustig, ich habe total viel Wasser geschluckt.«

Zora schüttelte sich. Sie war keine Wasserratte. Sie hatte nicht mal das bronzene Schwimmabzeichen. Elli dagegen konnte richtig gut schwimmen und hatte sogar schon Wettkämpfe gewonnen.

Am Badesee war die Hölle los. Besonders an der riesigen Rutsche standen Groß und Klein Schlange.

Zora und Elli schlossen ihre Fahrräder zusammen und suchten sich ein schattiges Plätzchen. Elli breitete ein grasgrünes Badelaken aus. »Erst mal abkühlen«, rief sie, streifte ihre Shorts ab und sauste zum See. Zora jagte hinterher.

Das kühle Wasser war einfach herrlich. Elli tauchte eine ziemlich weite Strecke hinaus auf den See. Gerade als Zora anfing, sich um sie zu sorgen, tauchte Ellis Haarschopf aus dem Wasser.

»Juchuh!«, jubelte sie und ließ sich auf den Rücken fallen. Zora kraulte in ihre Richtung und warf sich ebenfalls auf den Rücken. Eine Weile lagen sie stumm nebeneinander und starrten in den blauen Himmel.

»Wenn der Protest in Gang kommt und sie die Sonnenschule endlich renovieren, dauert das bestimmt ein paar Wochen«, überlegte Zora laut. »Das heißt, wir müssen auf jeden Fall eine Weile auf die Nordschule gehen, bis unsere Schule wieder fit ist. Ich wette, die Nordschüler haben genauso wenig Lust auf uns wie wir auf sie. Das gibt Kampf.«

»Kampf …«, wiederholte Elli. »Den können die Nordfuzzis kriegen. Kein Problem.«

Zora glaubte ihrer besten Freundin aufs Wort. Denn obwohl Elli zart, dünn und einen Kopf kleiner als Zora war, hatte sie Bärenkräfte und besiegte sogar Max im Armdrücken.

»Kennst du Kinder aus der Nordschule?«, fragte Zora und strampelte ein wenig mit ihren Füßen. »Ich meine, außer Timo.«

Elli schüttelte den Kopf. »Nee. Höchstens vom Sehen. So ein Kumpel von Timo war mal eine Weile in meinem Schwimmverein. Leon heißt er. Er konnte super schwimmen, aber seine Eltern haben sich aufgeführt, als wäre er der nächste Olympiasieger. Dann ist er von einem auf den anderen Tag nicht mehr aufgetaucht. Ich glaube, er hat sich mit dem Trainer gestritten. Ich war total froh.«

Zora antwortete nicht. Das hörte sich ja nicht toll an.

Elli nahm einen großen Schluck Wasser in den Mund und spuckte ihn wie ein Springbrunnen wieder aus. Dann machte sie einen halben Purzelbaum und tauchte ab.

Im gleichen Moment erklang eine Jungenstimme. »Hallo, Elli! Hast du Lust auf Wasserball?« Nur ein paar Meter von Zora entfernt zappelte Timo im Wasser herum und schwenkte freudig die Arme.

Zora schluckte vor Schreck fast Wasser.

»Hey, Zora. War da nicht gerade Elli? Wo ist sie hin?«

Zora drehte sich um. »Elli kann grad nicht! Elli trainiert«, rief sie zurück.

»Trainieren kann Elli ab jetzt jeden Tag, wenn ihr in unsere

Klasse kommt«, erwiderte Timo und schwamm näher. »Wir haben doch das tolle Hallenbad. Macht Leon auch. Stimmt's, Leon?«

Zora erstarrte. Leon? Der Junge, über den Elli gerade gesprochen hatte? Tatsächlich paddelte neben Timo ein zweiter Junge im Wasser herum. Er hatte kurze blonde Haare und knallblaue Augen. Als sich ihre Blicke trafen, erkannte Zora ihn. Es war der Junge vom Bahnhof. Der Junge mit dem Eis. Oh nein!

Leon starrte Zora finster an.

Zora starrte finster zurück.

»Was glotzt du denn so doof?«, fuhr ihn Zora an. »Guck gefälligst woanders hin, du … du … Knurrhahn.« Einen Knurrhahn hatte sie gesehen, als sie einen Ausflug ins Aquarium gemacht hatte. Der Knurrhahn war der miesepetrigste Fisch im Ozean, fand Zora.

»Drachenkopf«, fauchte Leon zurück, grinste frech und tauchte unter.

»Verschwinde, bevor du total Ärger mit mir kriegst!«, brüllte Zora in die kreisrunden Wellen, die Leon aufgewirbelt hatte.

»Was ist los?«, fragte Elli verwundert, als sie gerade wieder mal Luft holte.

»Dieser Leon«, beschwerte sich Zora aufgebracht. »Der Junge ist wirklich das Letzte.«

Elli guckte sich um. »Leon?«, fragte sie verwundert. »Der aus meinem Schwimmverein?«

Zora nickte heftig. »Stell dir vor, erst beschmiert er mich mit seinem Eis und jetzt hat er Drachenkopf zu mir gesagt.« Ihre Stimme zitterte vor Wut.

»Aber erst, als du ihn Knurrhahn genannt hast«, mischte sich Timo ein. Er war unbemerkt herangeschwommen. »Ich finde Drachenkopf passt zu dir, Zora«, lachte er. »Du guckst so, als wolltest du gleich Feuer speien. Das mit dem Eis hat er mir erzählt. War doch nicht mit Absicht. War ein Crash. Ein Eis-Crash.«

»Timo! Halt lieber die Klappe«, warnte ihn Elli. »Du siehst doch, dass Zora sauer ist.«

Timo zuckte mit den Schultern. »Elli, ich finde das super, dass wir demnächst in eine Klasse gehen. Das wird bestimmt spaßig. Wir könnten doch zu viert mal ein Eis essen gehen.«

Elli und Zora seufzten im Chor laut auf.

»Oh ja, Timo«, stöhnte Elli. »Das wäre der totale Spaß.«

Nur ein doofes Sommerloch

Obwohl die Plakate überall verteilt waren, tat sich nichts in den nächsten Tagen. Zora und Elli machten sich Sorgen.

»Ich hab noch eine Idee«, sagte Zora am letzten Ferientag. »Wir gehen zum Tagesanzeiger. Dort arbeitet Suse Müller. Ihre Tochter ist in Mamas Ferienschwimmkurs. Die muss einfach einen Artikel über uns schreiben.«

Sie schwangen sich auf ihre Fahrräder und düsten los.

Nordstädter Tag stand in riesigen Leuchtbuchstaben auf dem Flachdach des Zeitungsgebäudes.

Im Empfangshäuschen saß ein Pförtner, der las die aktuelle Tageszeitung und aß eine Käsestulle. Zoras Magen begann zu knurren. Anscheinend war gerade Frühstückszeit. Sie selber hatte an diesem Morgen nur schnell eine Banane gegessen.

»Einen wunderschönen guten Morgen!«, rief Zora und klopfte gegen die Glasscheibe. Das hatte sie von der Hühneroma gelernt. Wenn man etwas von Leuten wollte, musste man freundlich zu ihnen sein.

»Mmmh?« Der Pförtner kaute und musterte die beiden misstrauisch.

»Einen wunderschönen guten Morgen«, wiederholte Zora und strahlte den Pförtner wie verrückt an. Elli gab Zora einen Schubs. Sie fand, es reichte mit Freundlichkeit.

»Hallo. Wir möchten zu Frau Müller«, mischte sich Elli ein.

»Habt ihr einen Termin?«, fragte der Pförtner.

»Nein«, antwortete Elli. »Es ist aber dringend.«

Der Pförtner nickte gelangweilt. »Du glaubst nicht, was die Leute alles für dringend halten, Kleine.«

Elli blies die Backen auf, um eine saftige Antwort zu geben.

Jetzt schubste Zora Elli. Als zukünftige Bürgermeisterin wusste sie, wie man sich in kniffeligen Situationen um den heißen Brei herumredete.

»Frau Müllers Tochter ist heute bei meiner Mama im Schwimmkurs«, sagte sie ernst.

»Ach so«, rief der Pförtner. »Warum sagt ihr das denn nicht gleich? Mit dem Aufzug in den dritten Stock, Zimmer fünf, hinter der großen Palme.«

Zora strahlte ein waschechtes Bürgermeister-Zahnpasta-Reklame-Lächeln. »Wunderbar!«, rief sie. »Herzlichen Dank.« Sie zog die verblüffte Elli mit sich zum Aufzug.

»Was hat denn Frau Müllers Kind mit der Sache zu tun?«, fragte Elli.

»Nichts!«, erwiderte Zora und schob Elli in den Aufzug. »Absolut nichts.« Sie grinste selbstzufrieden.

»Häh? Hast du den Pförtner angelogen?«

Zora schüttelte heftig den Kopf. »Oh nein. Das würde ich nie tun. Der Pförtner *dachte* bloß, es hätte was mit Frau Müllers Tochter zu tun. *Gesagt* habe ich das nicht. Nur erwähnt, dass Pia bei Mama schwimmen lernt. Das ist Diplomatie. So macht das dein Vater als Bürgermeister auch. Kapiert?«

Frau Müller kam den Freundinnen bereits auf dem Flur entgegen.

»Ist was mit Pia?«, rief sie. »Unser Pförtner hat mich angerufen, ihr seid wegen meiner Tochter hier.«

Zora setzte wieder ihr Bürgermeisterlächeln auf. »Tag, Frau Müller. Der Pförtner hat das falsch verstanden. Wir sagten nur, dass wir Sie kennen, weil Mama den Schwimmkurs leitet. Wir kommen wegen einer anderen, auch sehr wichtigen Sache.«

Suse Müller seufzte erleichtert. »Ein Glück. Um was geht es denn? Ich habe gleich einen Fototermin im Zoo.«

Die Reporterin hörte Zora und Elli aufmerksam zu und

schrieb sogar ein paar Stichworte auf. Schließlich klappte sie ihren Notizblock zu.

»So, Kinder. Nun muss ich aber los. Ein schönes Sommerlochthema. Aber optisch geben wahrscheinlich die Pinguin-Babys im Zoo mehr her als eine baufällige Schule. Die Meldung über das kaputte Dach haben wir ja schon gebracht. Na, mal schauen, was sich machen lässt. Haltet die Ohren steif.«

Sie schnappte ihre Fototasche und verschwand.

»Sommerloch. Pinguin-Babys …«, meckerte Zora, als sie wieder auf der Straße standen. »Klar. Das ist natürlich wichtiger als eine geklaute Schule. Dabei muss Pia später auch in die ätzende Nordstadt-Schule. Die wird sich noch wundern.«

Elli seufzte. »Keiner interessiert sich für unser Schicksal«, klagte sie.

Zora starrte auf die andere Straßenseite und bekam Stielaugen. »Oh nein, schnell weg! Da drüben latschen Eismonster und Zuckerschlangen-Schnuckel herum.«

»Häh?«, fragte Elli verständnislos.

»Na, Tim mit Leon«, keuchte Zora. »Der Typ, der Eiskugeln auf Klamotten schmiert. Hat im Kindergarten wahrscheinlich nicht genug mit Fingerfarben gespielt.« Sie zog Elli, die einen gigantischen Lachanfall bekam, panisch hinter einen Busch. Die Freundinnen warteten, bis die Luft rein war, und rannten eilig nach Hause.

Tschüss, Sonne!

Am ersten Schultag wachte Zora ganz früh auf. »Es ist so weit«, stöhnte sie und setzte sich auf. »Am liebsten würde ich gar nicht hingehen.« Sie fühlte ihre Stirn und schluckte dreimal. Weder Fieber noch Halsweh. Blöd.

In der Küche herrschte morgendliches Chaos.

Ben hatte eine Müslistraße auf dem Tisch ausgelegt und verteilte Playmobilfiguren darauf.

»Was soll das?«, fragte Frau Sturm. »Mit Essen spielt man nicht.«

»Ich übe Straßenverkehr«, erklärte Ben. »In der Vorschule kommt heute ein richtiger Polizist zu uns.«

Die Hühneroma schüttelte den Kopf. »Aber der Polizist hat nichts bei uns am Frühstückstisch verloren.« Sie schnappte sich die Figuren und steckte sie in ihre Westentasche.

»Mann, du bist gemein!«, protestierte Ben.

»Oma ist nicht ’mein«, widersprach Marius ihm. »Die ist lieb.«

Ben sah seinen kleinen Bruder böse an. »Lern du erst mal richtig reden«, fauchte er ihn an. »Schleimer!«

Marius lachte fröhlich. »Selber Leimer!«

Zora beobachtete, wie ihre Mutter einen ganz roten Kopf bekam.

»Gleich kracht's«, sagte Zora. »Verschwinde lieber, Ben.«

Diese Streitschlichterausbildung war wirklich sehr praktisch gewesen. Konnte man auch ganz wunderbar in seiner eigenen Familie gebrauchen.

»Hatte ich sowieso vor«, brummte ihr Bruder und rannte aus der Küche.

Die Hühneroma reichte Zoras Mutter einen Becher Tee. »Ist heute halt ein aufregender Morgen, die Ferien sind vorbei, alles neu. Ich bring Ben in die Vorschule und geb Marius in der Kindergartengruppe ab.«

Zoras Mutter nickte dankbar. Die Hühneroma war echt weise. Vielleicht, weil sie immer so tiefsinnige Gespräche mit dem Federvieh führte. »Zora, kannst du nächsten Mittwoch Marius vom Logopäden abholen?«, bat ihre Mutter. »Ich fange einen neuen Schwimmkurs mit den Babys an und Oma hat ausgerechnet dann ihre Doppelkopf-Runde.«

Zora nickte. »Kein Problem, Mama.«

Marius sprach Wörter nicht richtig aus und verschluckte die Silben. Damit das besser wurde, besuchte er einmal in der Woche einen Sprachlehrer, der mit ihm Wörter übte und ganz viel spielte. Zora hatte ihren Bruder im Verdacht, dass er Wörter extra falsch aussprach, damit er weiter zu Herrn Fuchs gehen durfte.

Frau Sturm nahm ihre Tochter in den Arm und gab ihr einen Kuss. »Du schaffst das heute, Schatz. Ich weiß es – du bist doch meine Große.«

Elli stürmte ohne Anklopfen in die Küche. »Guten Morgen«, trompetete sie fröhlich in die Runde. »Mensch, Zora, bist du noch im Schlafanzug?«

Zora zuckte mit den Achseln. »Keine große Lust.«

Elli zerrte ihre Freundin von der Eckbank hoch, auf der sie herumlümmelte. »Zieh dich an, Faultier. Hast du vergessen, dass wir der *Sonne* Tschüss sagen wollten?«

Ahhhh! Das hatte Zora tatsächlich verschwitzt. In Windeseile zog sie sich an.

Die Hühneroma steckte ihr noch schnell zwei Stück Marmorkuchen zu, eines davon für Elli. Dann radelten die Freundinnen los.

Sie waren die Letzten, die an der Sonnenschule ankamen.

Einsam sah die Villa ohne Schulkinder aus. Astrid umarmte schluchzend das Vogelhäuschen. »Die armen Vögel. Nie mehr sehe ich sie wieder.« Alma tröstete ihre Freundin. »Du kannst die Vögel doch weiter füttern.«

Max hatte Knallfrösche dabei. »Tschüss, Schule«, rief er und donnerte die Knaller gegen die Hauswand. »Lass dich bloß nicht abreißen, altes Haus.«

Hannah und Marie hatten einen Blumenkranz gebastelt, den sie im grünen Klassenzimmer ablegten, und Lucas spielte ein trauriges Lied auf seiner Mundharmonika. Da schluchzte Astrid gleich noch doller.

»Das ist wirklich schön«, sagte Elli gerührt. »So traurig war ich nur, als meine weiße Maus gestorben ist. Weißt du noch, Zora?«

Zora musste erst mal den dicken Kloß im Hals hinunterschlucken, bevor sie antworten konnte. »Klar«, sagte sie. »Aber sie hatte eine sehr schöne Beerdigung.«

Linus seufzte tief. »Ich hoffe, du vermisst uns auch, Sonne!«, sagte er mit zitternder Stimme. Er sah Zora an. »Und was machen wir jetzt?«

Zora grinste. »Schule schwänzen, was sonst?«

Linus machte große Augen. »Im Ernst?«

Zora schüttelte den Kopf. »Natürlich nicht, Flitzpiepe. Auf in den Kampf.«

Hallo, Nordstadt-Schule!

Auf dem Schulhof der Nordstadt-Schule ging es so gackernd zu wie auf dem Hühnerhof von Daisy. Die Erstklässler, die am Samstag Einschulung gehabt hatten, quietschten besonders laut. Am liebsten hätte sich Zora die Ohren zugehalten und die Augen noch dazu. Der graue Betonklotz sah gar nicht liebenswert aus.

»Der Kasten könnte mal ein paar Tropfen Farbe brauchen«, sprach Max aus, was Zora dachte.

Elli ergriff Zoras Hand. »Hey, guck mal da drüben. Ich glaube, das ist Frau Bernstein. Unsere neue Lehrerin.«

Zora wollte am liebsten nicht hinschauen, aber sie war viel zu neugierig. Sie entdeckte eine hübsche mittelgroße Frau mit kinnlangen blonden Haaren. Sie trug eine knallrote Bluse und grasgrüne Ballerinas und wurde von einem Schwarm Kindern umringt. Jemand hatte wohl gerade etwas Lustiges gesagt, denn sie lachte so laut, dass es zu ihnen herüberschwappte.

»Scheint ja gut gelaunt zu sein, unsere Frau Bernstein«, murmelte Zora. »Hoffentlich kriegt sie keinen Schluckauf.« Das passierte der Hühneroma manchmal, wenn sie einen ihrer berüchtigten Lachanfälle hatte.

Plötzlich tönte Timos Stimme aus dem Schwarm. »Da sind sie. Da drüben, Frau Bernstein.«

Frau Bernstein und die Kinder drehten sich in ihre Richtung. Frau Bernstein rief so etwas wie: »Ah jaaaa!« Dann bewegte sie sich mit dem Kinderschwarm direkt auf sie zu.

»Ach, du grüne Kröte«, murmelte Zora entsetzt. »Lehrerin mit Klassenrudel im Anflug.« Sie sah sich nach einem Fluchtweg um, aber da war keiner. Nicht einmal ein winziges Mauseloch.

»Hallo, Kinder!«, rief Frau Bernstein und guckte ausgerechnet Zora dabei an. »Wie ich mich freue! Frau Sorge hat so ein Loblied auf euch gesungen. Ich bin total aufgeregt, euch endlich kennenzulernen.«

Elli und die anderen Kinder aus der Sonnenschule riefen: »Guten Morgen, Frau Bernstein!« Benehmen hatte ihnen Frau Sorge nämlich beigebracht. Auch Zora murmelte den Gruß mit, denn Frau Bernstein ließ sie einfach nicht aus den Augen.

Was war da los? Vielleicht war Frau Bernstein in Wirklichkeit ein Alien. Sie hatte mal einen Film geguckt, heimlich, als die Eltern und die Hühneroma auf einem Geburtstag waren, darin gab es eine besonders schöne Frau, die ein Roboter war und Kinder durch ihre Blicke steuerte. Hoffentlich waren die grünen Augen von Frau Bernstein nicht auch so eine Fernbedienung.

Ein Dreiklang schallte über den Hof. »Die erste Stunde beginnt!«, sang Frau Bernstein die Melodie fröhlich nach. Sie setzte sich in Bewegung und ihre Klasse trottete mit. Auch die Sonnenkinder marschierten hinterher.

»Los, Faultier«, flüsterte Elli und schob Zora vor sich her. »Willst du hier Wurzeln schlagen?«

Ein Junge drehte den Kopf in Zoras Richtung. Es war Leon. Zora hätte ihn fast nicht erkannt, denn er hatte jetzt eine blaue Haarsträhne.

»Einen Faulbaum könnten wir noch brauchen, du kannst gerne Wurzeln schlagen hier im Schulhof«, sagte er. Die Wörter schossen wie Pfeile aus seinem Mund. Das hörte sich lustig an, als ob die Buchstaben mit einem kleinen Knall herausploppten.

Zora wurde vor Wut ganz schwindlig. »Du bist ja unheimlich witzig, du … du … Streifenhörnchen.« Sie hatte große Lust, ihn in den Schwitzkasten zu nehmen, bis er um Gnade winselte.

Zum Glück drängelte sich Timo zwischen sie. »Hallo, Zora«, begrüßte er sie gut gelaunt. »Leon ist unser Klassensprecher. Der tollste auf der ganzen Welt. Wetten, der wird Bürgermeister …«, er warf Elli einen entschuldigenden Blick zu, »… wenn Ellis Papa mal abgedankt hat?«

Überraschend mischte sich von hinten Max ein. »Geht's

noch, Alter?«, fauchte er Timo an. »Klassensprecherin ist Zora, schon seit der ersten Klasse.«

Und Alma fügte hinzu: »Zora wird später mal Bürgermeisterin, meine Stimme kriegt sie auf jeden Fall.«

Timo zuckte mit den Schultern. »Bürgermeisterin kann Zora werden. Klassensprecherin aber nicht. Das ist Leon.«

Elli stand eine dicke Zornesfalte auf der Stirn. »Das kannst du gar nicht bestimmen, Timo«, rief sie. »Zora bleibt unsere Klassensprecherin und wenn du mir hundert weiße Mäuse schenkst. Kapiert?«

Zora war so schockiert, dass sie keine Silbe herausbrachte. Sie musste sich ein paarmal räuspern. »Über so einen Babykram brauchen wir gar nicht streiten«, sagte sie mit rauer Stimme. Abrupt drehte sie sich weg und folgte den anderen in die Schule nach.

»Ja, genau. Babykram!«, stimmte ihr Max bei.

»Babykram, Babykram«, riefen die restlichen Sonnenkinder.

Elli zischte wütend: »Timo, du bist so unmöglich. Ich bereue zutiefst, dass ich dich letztes Jahr zu meinem Geburtstag eingeladen habe.« Sie ließ ihn stehen und rannte Zora hinterher.

»Ach, Süße«, sagte Elli und hakte sich bei Zora unter. »Ist doch klar, dass du unsere Klassensprecherin bleibst. Frau Bernstein wird uns recht geben. Hast du gesehen, wie sauer Leon geguckt hat, als du Babykram sagtest?«

Zora zuckte mit den Achseln. »Mal gucken«, sagte sie. Sie war gar nicht sicher, dass Frau Bernstein ihr recht geben würde. Denn sie waren ja Frau Sorges Kinder. Wahrscheinlich hatte Frau Bernstein ihre Klasse lieber. Während sie Frau Bernstein in ihr neues Klassenzimmer folgte, wurde sie ruhiger.

Wirklich ulkig. Dieser Leon brauchte nur eine Silbe zu sagen, schon saß Zora oben auf der Palme. »Mit einem selber funktioniert das nicht mit dem Streitschlichten«, sagte sie einsichtig zu Elli. »So viel wütend wie in der letzten Woche war ich noch nie. Ich könnte wirklich platzen.«

Frau Bernstein wartete geduldig, bis alle Kinder in der Klasse waren.

Dann machte sie mit den Fingern das Schweigefuchs-Zeichen, bis alle Nordstadt-Kinder still waren und in ihre Richtung guckten.

Die Südstadt-Kinder plapperten munter weiter. »Was soll denn das?«, rief Frau Bernstein. »Auf der Stelle Ruhe. Auch die Sonnenschulkinder.«

Elli hob die Hand. »Wir kennen nur das Ruhe klatschen, Frau Bernstein. Soll ich mal?«

Frau Bernstein seufzte. »Bitte, Kind. Versuch dein Glück.«

Elli begann zu klatschen und die Sonnenschulkinder fielen in den Rhythmus ein. Immer schneller, noch schneller, rasend schnell.

»Uuuund SCHLUSS!«, rief Zora.

Schlagartig waren die Sonnenschulkinder mucksmäuschenstill.

Nur Astrid kicherte noch ganz leise in sich hinein. Das lag sicher daran, dass sie inmitten der vielen neuen Kinder unsicher war. Alma nahm Astrids Hand und Zora griff nach Ellis Hand. Es war wirklich ein großes Glück, wenn man eine beste Freundin hatte und sich nicht so alleine fühlte.

Feinde unter sich

Frau Bernstein strahlte schon wieder. »Zehn Kinder mehr als im letzten Jahr«, sagte sie. »Das ist ja wirklich großartig. Ich freue mich riesig, euch alle kennenzulernen. Ich bin sicher, ihr werdet gute Freunde werden.«

Zora hatte das Gefühl, sie schaute jedes Kind einzeln an. »Das ist ihr Alien-Trick«, flüsterte sie in Ellis Ohr.

»Häh?«, flüsterte Elli verwirrt zurück. »Was meinst du? Sie ist eigentlich ganz nett, oder? Die Ballerinas sind süß. Wie kleine Frösche.«

Zora guckte entsetzt. Elli hatte Frau Bernstein mit ihren Röntgenaugen also schon im Griff. Aber Zora wollte sich nicht von ihr einwickeln lassen.

»Zum Glück besitzen wir einen schönen großen Klassenraum«, sprach Frau Bernstein weiter. »Platz genug zum Wohlfühlen.«

Zora rümpfte die Nase. War Frau Bernstein nie in der Sonnenschule gewesen? Denn dort waren zwar die Wände nicht frisch gestrichen und es flatterten hier und da Tapetenstreifen von der Decke, aber die Sonnenschule war einfach urgemütlich gewesen. In der alten Villa roch es auch nicht nach Schule, sondern es duftete nach Kräutern und Rosen aus dem Garten und nach Käsebroten aus der Schulküche.

Zora schnupperte. In der Nordschule erschnüffelte sie eine Mischung aus Putzmittel und Turnschuh-Stinkefüßen. Pfui!

»… wir können also immer zwei Tische zusammenstellen und die Südstadt-Kinder und die Nordstadt-Kinder bunt durcheinandermixen, damit ihr euch alle schnell kennenlernt«, beendete Frau Bernstein ihre Ansprache.

»Was?«, schrie Zora entsetzt auf. »Die Sonnenkinder wollen aber zusammensitzen, oder?« Sie guckte ihre Freunde an. Alle nickten.

Astrid drückte sich eng an Alma und umschlang sie, was so viel heißen sollte wie: Uns trennt keiner.

Frau Bernstein lächelte nachsichtig. »Ich verstehe euch ja, Kinder. Das ist wie bei Partys, auf denen man nicht alle Gäste kennt. Am Anfang ist man ängstlich oder verlegen, aber später findet man es ganz toll und hat viele neue Freunde gewonnen.«

Elli schüttelte den Kopf.

Und Max sagte energisch: »Auf gar keinen Fall.«

Timo meldete sich. »Ich möchte mich mit Elli und Zora an einen Tisch setzen. Die kenne ich schon aus dem Kindergarten. Die Partygäste sind mir nicht ganz fremd.« Er grinste und zeigte mit ausgestreckter Hand in Ellis und Zoras Richtung.

Die Nordschulkinder lachten.

Frau Bernstein klatschte in die Hände. »Vorbildlich, Timo. Und damit du dich nicht zu einsam fühlst, setzen wir Leon dazu. Schiebt bitte schon mal Tische zusammen und setzt euch, damit ich sehe, wer übrig bleibt.«

Nach zehn Minuten stand die Sitzordnung fest. An Zora und Ellis Tisch herrschte Totenstille. Alle vier starrten Löcher in die Luft.

Leon war anscheinend auch sauer auf Timo. Wenigstens darin waren sich drei von vier einig. »Du bist eine Knalltüte, Timo«, sagte Leon. Zora hätte ihm gerne zugestimmt, aber sie konnte ihm doch unmöglich recht geben.

Elli dachte praktisch. »Das kostet dich Süßigkeiten ohne Ende«, zischte sie Timo an. »Da reicht eine Handvoll mickriger Mäuse nicht.«

Timo guckte sehr unglücklich. »Tut mir leid, Elli. Aber Frau Bernstein hätte uns auf jeden Fall gemischt. Dann besser selbst entscheiden, wo man sitzt.« Er sah Elli mit einem Dackelblick an, der jedem Hundefreund das Herz gebrochen hätte.

Leon knurrte gefährlich. »Ab jetzt hältst du besser die Klappe, Kumpel.«

Timo nickte heftig. Gleichzeitig zwinkerte er Elli zu und guckte ziemlich vergnügt. Zora seufzte. Dieser Junge hatte wirklich ein sonniges Gemüt.

So wie Leon ihn herumkommandierte, konnte er einem ja fast leidtun.

Das Schuljahr in der Nordschule hatte gerade erst angefangen, aber Zora konnte sich überhaupt nicht vorstellen, wie das weitergehen sollte.

Sie hoffte sehr, dass Suse Müller bald einen hilfreichen Artikel über die geklaute Sonnenschule schrieb. Vielleicht hatten ihr die Pinguine im Zoo ja die kalte Schulter gezeigt. Oder es geschah ein Wunder …

Frau Bernsteins Stimme riss Zora aus ihrem Kummer. »Zum Beispiel du«, sagte sie gerade. Zora war so in traurige Gedanken versunken gewesen, dass sie gar nicht bemerkt hatte, wie Frau Bernstein zu ihrem Tisch gewandert war.

Ein paar Kinder kicherten. Klar, wieder die Nordkinder.

»Zora«, flüsterte Elli hinter vorgehaltener Hand.

»Häh?« Zora guckte verwirrt.

»Zora. Zora«, wiederholte Elli. Zora schüttelte den Kopf.

»Elli?«, fragte sie.

Frau Bernstein nickte zufrieden. »Ach, Elli heißt du also. Hübscher Name. Dann bist du Elli Schwalbe, die Tochter vom Bürgermeister«, sagte sie zu Zora. Sie wandte sich an die ganze Klasse. »Wir haben nämlich berühmte neue Mitschüler.« Sie lachte.

Elli sprang auf. »Zora ist der Name!«

Frau Bernstein sah Elli interessiert an. »Du bist Zora? Von dir hat mir Frau Sorge erzählt, dass du Streitschlichterin bist. Wie toll. Darüber musst du den Nordschulkindern bei Gelegenheit noch mehr erzählen.«

Timo fand, dass es Zeit war, sich einzuschalten. »Nein, Frau Bernstein«, grinste er. »Verwechslung – Zora ist Elli und Elli ist Zora.«

Frau Bernstein stutzte. »Wie jetzt?«, fragte sie. »Wolltet ihr mich schon in der ersten Stunde an der Nase herumführen? Das ist aber gar nicht nett.«

Elli verneinte heftig. »Nein, nein, nein. Ich habe Zora nur ihren Namen eingeflüstert. *Ich* bin Elli, mein Papa ist der Bürgermeister. Das ist Zora Sturm, sie ist unsere Klassensprecherin.« Sie hatte vor Aufregung ein ganz rotes Gesicht bekommen.

»Sie *war* Klassensprecherin …«, murmelte Leon so laut, dass zumindest die Kinder am Vierertisch ihn verstehen konnten.

Frau Bernstein zog eine Augenbraue hoch. »Ihren Namen eingeflüstert?«, wiederholte sie. »Vergisst sie diesen denn ab und zu? Außergewöhnlich.«

Alle lachten. Leon lachte ganz besonders laut. Zora wäre am liebsten im Boden versunken.

»Wir wollten Sie wirklich nicht veräppeln, Frau Bernstein«, jammerte Elli. »Es war ein Versehen.« Sie plumpste auf ihren Stuhl zurück.

»Also das sind jedenfalls Elli und Zora«, wiederholte Frau

Bernstein energisch. »Und an ihrem Tisch sitzen …« Sie ließ die beiden Jungen ihre Namen selber sagen.

»Genau. Timo und Leon. Wenigstens ihr erinnert euch an eure Namen.« Sie lächelte zufrieden. »Ich bin sicher, dass ihr euch vertragen werdet.«

In Zoras Ohren klang das nicht wie ein Wunsch, sondern wie ein Befehl.

Die Stunde verging mit dem Vorstellen und Einprägen weiterer Namen. Danach sollten sie wie Erstklässler ihr Lieblingstier auf ein weißes Pappschild malen und ihren Namen dazuschreiben.

Zora tat es nur unwillig. Sie fand so eine Aufgabe für eine Viertklässlerin ziemlich Banane. Und genau die malte sie auch. Ein Äffchen mit einer riesigen Banane.

Elli guckte erstaunt. »Ich hätte mein Taschengeld verwettet, dass du Daisy malst. Magst du Affen lieber?«, sagte sie. »Echt spaßig, die Aufgabe.«

Sie linste auf die Namensschilder der anderen Kinder. Timo skizzierte seine Katze Kleopatra, das machte er richtig klasse. Leon schmückte seinen Namen mit ganz vielen winzigen Fischen.

»Fische halten immer schön die Klappe«, sagte Zora laut zu Elli. »Sollten sich die Fischfreunde zu Herzen nehmen.«

Leon schob sein Namensschild zu Timo hinüber. »Wie findest du meine Piranhas?«, fragte er. »Echt coole Typen, fressen sogar Menschen, wenn sie richtig Appetit haben. Papas Kollege hat welche zu Hause im Aquarium. Er sagt, sie mampfen ihm die Haare vom Kopf. Ich sollte zum Schwimmen mal einen ausleihen. Der würde bestimmt lecker Zehen zum Anknabbern finden.« Dabei sah er ganz zufällig in Zoras Richtung.

Timo kicherte und Elli warf ihm einen strafenden Blick zu.

Zum Glück war bald Pause. Die Sonnenkinder sammelten sich in einer Ecke auf dem Schulhof.

»Ich hasse die neue Klasse jetzt schon«, schimpfte Zora. »Mit Timo und Leon an einem Tisch zu sitzen ist schlimmer als eine Fünf in Mathe auf dem Zeugnis.« Sie sah Beifall heischend in die Runde.

»An meinem Tisch sitzt ein Mädchen, Nora, das ist zwei Tage jünger als ich«, zwitscherte Astrid. »Endlich bin ich nicht mehr das Küken. Dabei ist sie einen Kopf größer als ich.«

Linus lachte. »Also der winzigste aller Zwerge bist du immer noch.« Astrid stürzte sich wütend auf ihn.

»Sofort Ende!«, ging Zora dazwischen. »Streit unter Sonnenschülern ist das Letzte, was wir jetzt gebrauchen können.« Sie trennte die Zankhähne.

»Wir hatten so einen tollen Klassenzusammenhalt«, sagte Zora wehmütig. »Und die total liebe Frau Sorge und unser grünes Klassenzimmer … Und jetzt müssen wir uns unseren Platz mit einem Streifenhörnchen teilen.«

Sie wanderte in Zeitlupentempo in die Klasse zurück.

Frau Bernstein wartete schon. »Nun müssen wir noch eine schwierige Aufgabe besprechen. Klassensprecher zu wählen ist natürlich eine sehr spannende Angelegenheit. Dieses Jahr haben wir ein mittelgroßes Problem. Die Südstadt-Schüler und die Nordstadt-Schüler kennen sich ja gar nicht richtig. Wie sollen wir da gerecht wählen?«

Linus und Max warfen ihre Hände in die Luft. »Team Zora, Team Zora, Team Zora.«

Timo und die kleine Nora hielten dagegen. »Team Leon, Team Leon, Team Leon.«

Jetzt schrien auch die restlichen Kinder mit. Stimmen, die entweder Zora oder Leon kreischten, versuchten sich in der Lautstärke zu übertrumpfen.

Frau Bernstein zeigte den Schweigefuchs, aber niemand beachtete sie. Also klopfte sie mit ihrem Bleistift auf ihr Pult, bis sich die Kinder beruhigten. »Seht ihr?«, sagte sie. »Eine Entscheidung ist unmöglich.«

»Abstimmen, abstimmen, abstimmen!«, brüllten die Nordstadt-Schüler siegessicher. Schließlich waren sie vier Kinder mehr.

»Schiebung! Schiebung! Schiebung!«, sangen die Südstadt-Schüler wie auf dem Fußballplatz.

»Halt!«, rief Frau Bernstein. Ihre Stimme klang so energisch, dass es schlagartig still wurde. »Wie ich bereits sagte: unmöglich. Und deshalb entscheide ich. Schließlich bin ich die Chefin hier. Und ich möchte nicht …«, sie machte eine kleine Pause, »… dass danach irgendjemand meckert.«

So hübsch und nett Frau Bernstein war. Sie konnte auch ganz schön streng sein. Zora war entschlossen, die Entscheidung von Frau Bernstein total beknackt zu finden. Vermutlich wählte sie Timo oder sonst eine Flitzpiepe.

»Also, meine Lieben«, begann Clara Bernstein. »Mit den Sonnenkindern sind wir 24 Schüler. Das ist eine beachtliche Größe und deshalb liegt es auf der Hand, dass wir es mit einem Klassensprecher-Team probieren. Ich entscheide mich für Leon *und* Zora. Leon, weil die Nordschüler ihn bereits in den letzten zwei Jahren gewählt haben und er die Schule in- und auswendig kennt. Zora, weil sie an der Sonnenschule Klassensprecherin war und eine Streitschlichter-Ausbildung hat. Und diese Fähigkeit werden wir sicher noch gut gebrauchen können. Gibt es irgendwelche Einsprüche?«

Frau Bernstein sah ihre Klasse prüfend an. Selbst ein Mäuschen hätte man niesen gehört, so still war es. Zora wollte aufspringen und *auf gar keinen Fall* brüllen. Aber gerade als sie alle Muskeln anspannte und die Füße aufstellte, um sich abzufedern, wurde sie von Elli mit eisernem Griff festgehalten.

»Du-bleibst-sitzen-und-machst-keinen-Mucks«, zischte Elli in ihr Ohr.

Hoppla. So bestimmt war Elli sonst nie. Zora fügte sich verwundert. Sie riskierte einen scheuen Blick hinüber zu Leon. Zu ihrer Überraschung sah sie, dass auch Timo Leons Hand umfasst hielt. Seine Knöchel waren schon ganz weiß.

Zoras und Leons Blicke trafen sich jäh und durchbohrten sich wie Blitze.

»Prima«, sagte Frau Bernstein und ihre Stimme klang erleichtert.

»Zora Sturm, Leon Donner. Ich vermute, ihr nehmt die Wahl an. Viel Erfolg.« Sie klatschte und die gesamte Klasse 4a klatschte und tobte mit.

Jede Menge Sturm und Donner

Die folgenden Unterrichtsstunden wanderten an Zora vorbei wie Regenwolken. Sie hielt die Augen halb geschlossen und träumte sich zurück in die Sommerferien.

Als es zum Schulschluss gongte, ließ sie ihren Stundenplan und die Bücherliste einfach auf ihrem Platz liegen und stürmte aus dem Klassenzimmer. Sie zerrte ihr Fahrrad aus der Fahrradecke, schwang sich auf den Sattel und strampelte los, als wäre eine Herde Löwen hinter ihr her.

»Zora! Jetzt warte doch!«, hörte sie Elli rufen. Aber Zora stellte ihre Ohren auf Durchzug. Bloß weg von hier.

Vierzehn Minuten genau brauchte sie bis nach Hause. Sie kippte ihr Fahrrad achtlos in den Sandkasten und warf sich neben den pickenden Hühnern ins Gras. »Gemein, gemein, gemein!«, schluchzte sie und trommelte mit den Fäusten einen Maulwurfshügel platt.

»Gagaga? Gagagagagaaaa?« Daisy schaute sie kopfwackelnd aus ihren Knopfaugen an. »Gagaga.« Sie drückte ein Ei heraus.

»Ach, Daisy!« Gegen ihren Willen musste Zora lachen. »Du bist ja so lieb.«

Fahrradklingelnd sauste Elli herbei und Daisy flüchtete sich auf die Hecke. Elli stürzte auf Zora zu, und ließ sich empört neben sie ins Gras plumpsen. »Ey, du kannst doch nicht einfach so abhauen. Ich hab deinen Stundenplan eingesteckt.« Sie ruckelte auf ihrem Po hin und her. »Warum ist das denn so nass hier?« Sie fasste unter sich und hielt ihre verschmierten Finger hoch. »Ihhhhgitt. Pfui. Was ist denn das?«, kreischte sie.

»Rührei!«, prustete Zora los. »Du hast ein Ei von Daisy platt gedrückt. Das hatte sie mir gerade geschenkt.«

Elli fand das gar nicht witzig. »Die Hose war nagelneu. Daisy, du Ferkel.«

Zora lachte immer weiter. Daisy gackerte laut mit.

Zum Glück tauchte die Hühneroma auf und machte dem Gezeter ein Ende. Die Pfannkuchen mit ihrem selbst gemachten Apfelmus wurden schon ganz kalt, meldete sie. Ob denn niemand Hunger hätte. Sie scheuchte die zwei Mädchen ins Haus.

»Wieso bist du denn so verheult, Zora?«, fragte die Hühneroma besorgt, während Elli die Hosen wechselte.

Ein paar Nachzüglertränen quollen aus Zoras Augen. »Weil ich Klassensprecherin bin in der Nordschule«, beschwerte sie sich.

Die Hühneroma strahlte. »Aber das ist doch wunderbar. Glückwunsch!«

Elli tauchte in Zoras Trainingshose auf. »Aber nicht alleine«, ergänzte sie.

»Leon Donner ist Co-Klassensprecher. Und der ist echt die Pest.«

Die Hühneroma kicherte wie eine Hexe. »Das könnt ihr

noch gar nicht wissen. Ich finde jedenfalls, Sturm und Donner passen prima zusammen.«

Zora runzelte die Stirn. »Der Junge ist frech und außerdem ein Angeber.« Sie stach mit ihrer Gabel in den Pfannkuchen und spießte ihn ganz auf.

Die Hühneroma ließ nicht so schnell locker. »Womit gibt er an?« Sie verteilte das Apfelmus in Schälchen.

»Mit seiner Schwimmerei«, antwortete Zora.

»Na, und kann er wirklich gut schwimmen?«, hakte die Hühneroma nach.

»Möglich«, murmelte Zora.

»Perfekt!«, rief die Hühneroma so laut, dass Zora vor Schreck ein Stück Pfannkuchen zurück auf den Teller spuckte. »Vielleicht bringt er es dir bei und du bringst ihm was bei, was du super kannst und er nicht so gut. Ihr seid doch jetzt ein Team.«

Zora rührte im Apfelmus und dachte nach. »Keine Lust.«

Die Hühneroma setzte ihren Besserwisserblick auf. »Abwarten.« Mehr sagte sie dazu nicht mehr, und das war auch besser so. Sonst hätten Zora die Pfannkuchen vielleicht nicht mehr so lecker geschmeckt.

Dafür reichte ihr Elli ein Taschentuch, mit dem Zora sich die Tränen wegwischte. »Das wird noch ein lustiges Schuljahr«, sagte Elli. »Und ein *süßes*. Mit Timo.« Damit meinte sie die Leckereien, die Timo immer herbeischleppte.

»Armer Timo!«, kicherte Zora.

Die Hühneroma lächelte zufrieden in sich hinein und buk noch mehr Pfannkuchen. Schließlich wollten alle Sturms Mittag essen.

Wenig später kam Zoras Mutter mit Marius und der kleinen Viktoria nach Hause. Zoras Mutter machte ein ernstes Gesicht und fragte nicht mal, wie es Zora in der Schule ergangen war.

»Ist was passiert, Mama?«, fragte Zora verwundert. Eigentlich war ihre Mutter immer gut gelaunt.

»Später, okay?«, antwortete sie ausweichend.

Marius sprach kein einziges Wort und verschwand gleich nach dem Mittagessen hinaus in den Sandkasten.

»Was ist passiert?«, fragte die Hühneroma besorgt.

»Ein neuer Junge ist bei Marius in der Kindergartengruppe«, erzählte Frau Sturm. »Er hat Marius wegen seines Sprachfehlers verspottet. Die Erzieherin hat Marius weinend im Spielhaus gefunden. Seither weigert er sich zu sprechen.« Sie seufzte. »Ich habe schon bei Herrn Fuchs angerufen, wir haben morgen einen Termin bei ihm. Herr Fuchs hat uns geraten, Marius nicht zu bedrängen. Ihn einfach mal schweigen zu lassen.«

Zora sprang auf. »Oh nein, mein kleiner Schatz. Das ist ja ganz furchtbar.«

Zora liebte ihre Geschwister über alles. Wenn jemand die Zwerge, wie sie ihre Geschwister liebevoll nannte, ungerecht behandelte, dann wurde sie richtig sauer. Da kamen Zora ihre Sorgen mit Leon und der neuen Schule ganz winzig und unwichtig vor. »Können wir denn gar nichts für ihn tun?«, fragte sie und ihre Stimme zitterte vor Kummer.

Frau Sturm lächelte. »Zuerst warten wir den Termin mit Herrn Fuchs ab. Der hat bestimmt eine Idee. «

Das sahen Zora und Elli ein. »Wir dürfen aber mit Marius spielen, oder?«, fragte Zora.

»Vielleicht vergisst er ja, dass er nicht mehr sprechen will«, hoffte Elli.

Die Hühneroma nickte. »Gute Idee. Aber wie Mama schon sagte: Drängt ihn nicht.«

Zora und Elli setzten sich zu Marius in den Sandkasten und bauten erst einen Staudamm mit viel Wasser aus der Gießkanne, spielten dann den Untergang der Titanic und kühlten sich, die Playmobilfiguren und Zoras alte Barbie-Puppen im Planschbecken ab. Marius strahlte über beide Backen. Aber er machte keinen Pieps.

Dafür plapperte Ben umso mehr, als Vater Sturm ihn aus dem Hort abholte. So verging der Tag, ohne dass Zora ein einziges Mal über die Nordschule, Leon und Frau Bernstein meckerte. Es gab ja viel größeren Kummer.

»Mama, ist Marius krank, weil er nicht mehr spricht?«, fragte Zora besorgt, als Schlafenszeit war und Frau Sturm ihr gute Nacht sagte.

Ihre Mutter verneinte. »Bloß ein bisschen traurig ist dein Bruder, weil ihn die Kinder verspottet haben«, antwortete sie. »So etwas zeigt eben jeder anders.«

Zora nickte. »Ich brüll dann lieber rum. Wenn ich nicht reden dürfte, würde ich bestimmt platzen.«

Ihre Mutter lachte. »Glaube ich auch. Aber das kriegen wir wieder hin mit Marius.«

Trotzdem konnte Zora einfach nicht einschlafen. Rastlos wälzte sie sich hin und her. Mitten in der Nacht wanderte sie mit ihrem Kopfkissen zu den Eltern ins Schlafzimmer. Im Mondlicht entdeckte sie, dass Ben und Marius schon die gleiche Idee gehabt hatten. Nur Viktoria schlief brav in ihrem Kinderbettchen. Da schlich Zora lieber hinüber zur Hühneroma. Obwohl die lauter schnarchte als ein verschnupfter Waschbär.

Delfin-Träume

»Wie geht es Marius?«, war Ellis erste Frage, als die Freundinnen Seite an Seite in die Nordschule radelten. »Spricht er wieder?«

Zora schüttelte den Kopf.

»He!«, rief Elli beunruhigt. »Redest du jetzt auch nicht mehr? Ist das ansteckend? So eine Art *Nie-wieder-plappern-Virus*?«

Zora lachte so doll los, dass sie sich an ihrer Spucke verschluckte.

»Du albernes Huhn«, krächzte sie. »Du bringst sogar Gespenster zum Lachen.«

Auf Ellis Platz lag eine riesige Spitztüte mit sauren Gummischlangen und weißen Mäusen. Von Timo war nichts zu sehen. Wahrscheinlich half er noch seinem Vater im Schulkiosk aus.

»Krass.« Zora war beeindruckt. »Gib mir eine.«

Elli schüttelte den Kopf. Sie nahm die Tüte und steckte sie ungeöffnet in ihren Turnbeutel.

»Hey!«, protestierte Zora. »Geizkragen.« Sie grapschte nach dem Beutel.

»Finger weg«, befahl Elli. »Ich lass mich doch nicht kaufen. Von einem Nordschüler.«

»Und was machst du mit den Süßigkeiten?«, fragte Zora enttäuscht.

»Sammeln«, antwortete Elli. »Für andere Zeiten …«

»Albern«, sagte Zora enttäuscht.

»Finde ich auch«, stimmte ihr Leon zu und setzte sich auf seinen Platz.

»Dich habe ich nicht um deine Meinung gefragt«, sagte Elli finster.

Gleichzeitig mit Timo erschien Clara Bernstein im Klassenzimmer und das Gerede verstummte.

»Guten Morgen«, sagte sie. »Ich hoffe, ihr habt alle an euer Schwimmzeug gedacht. Für die Südstadt-Kinder ist unser Schwimmbad ja ganz neu. Ich hoffe, ihr freut euch darüber.«

Die Klasse wanderte hinter Frau Bernstein her in das Schwimmbad.

Nach dem Umziehen und Duschen sammelte die Lehrerin die Schüler am Beckenrand und fragte die Abzeichen ab.

»Zora«, sagte sie überrascht. »Du hast noch kein Silber?«

Zora planschte mit ihren Füßen im Wasser kleine Kreise. Sie schüttelte den Kopf. »Nö«, sagte sie. Mehr nicht.

»Dann willst du das sicher als Nächstes angehen«, sagte Frau Bernstein.

Zora schüttelte wieder den Kopf. »Nö.«

Frau Bernstein zog die Augenbraue hoch. »Warum nicht?«

Zora holte tief Luft. »Ich hasse tauchen. Ich kann es nicht leiden, Wasser in die Nase zu kriegen, meine Ohren tun weh, ich kann Luft nicht anhalten, weil ich dann ersticke. Ich fahre lieber Rad.«

Die Lehrerin nickte. »Okay. Aber das willst du doch sicher ändern, oder?«

Zora schüttelte den Kopf. »Nö«, sagte sie.

Frau Bernstein dachte einen Augenblick nach. »Gut«, sagte sie schließlich. »Dann schwimmst du erst mal Bahnen. Die anderen üben tauchen.«

Astrid warf die Hand in die Höhe. »Frau Bernstein, ich will unbedingt das Schnorchelabzeichen machen, ich habe schon Silber und ich bin neun.«

»Streber«, murmelte Zora. Sie hatte plötzlich große Lust, es ihrem Bruder nachzumachen und gar nicht mehr zu sprechen. Alle hatten sie angeguckt, als Frau Bernstein sie über ihre nicht vorhandenen Schwimmkünste ausfragte. Konnte die Lehrerin sie damit nicht einfach in Ruhe lassen?

Nun holte Frau Bernstein Ringe und erklärte den Schülern, wie man sich auf das Tauchen vorbereitete.

Zora wollte das gar nicht wissen. Bekam sie eben eine schlechte Note. Auch egal.

»Zora, Bahnen schwimmen«, erinnerte Frau Bernstein sie. Zora glitt in das Wasser und schwamm in Zeitlupe an der kreischenden Astrid vorbei. Auch die anderen Sonnenschüler hatten anscheinend Spaß. Selbst Elli. Aber die war sowieso ein Ass im Schwimmen.

Zora schwamm zwei Bahnen, dann verschnaufte sie erst mal und rieb sich die juckenden Augen.

Eklig, das Chlorwasser.

»Hey. Tauchen ist gar nicht so schlimm, wie du denkst«, sagte eine Stimme neben ihr: Leon. Sie runzelte ganz doll die Stirn.

»Und wen interessiert das?«, fauchte sie ihn an.

»Mich«, antwortete er. »Weil ich gerne tauche. Ich mache gerade meinen Rettungsschwimmer.«

»Glückwunsch«, sagte Zora und guckte gelangweilt an die Decke.

»Ich kann erst tauchen, seit ich fast ertrunken bin«, sagte Leon.

»Okay.« Sie riskierte einen Blick in seine Richtung.

Mit seiner blauen Strähne und der peinlich orangefarbenen Badehose sah er aus wie Nemo, der Clownfisch aus dem Film.

»Ich bin aus einem Boot gefallen«, redete er weiter. »Mitten auf dem Meer. Ohne Schwimmflügel, dabei war ich erst vier und konnte nur paddeln.«

So alt wie Marius, dachte Zora.

»Ich konnte nicht schreien. Es hat was mit Angst zu tun. Vor Schreck habe ich mir einfach eingebildet, ich bin ein Delfin. Und plötzlich konnte ich tauchen wie ein Delfin. Einfach so. Und dann kam ein echter Delfin. Der hat ganz laut gefiept. Erst da haben die Leute im Boot bemerkt, dass ich ins Wasser gefallen war.«

Das war ja krass. Entweder er hatte das wirklich erlebt, dann war es total cool, oder er war der beste Lügner unter der Sonne.

»Wenn du also Angst kriegst, beim Tauchen oder Schwimmen, denk einfach: *Ich bin ein Delfin. Ich kann so super schwimmen wie ein Delfin.* Funktioniert hundertpro.« Er tauchte unter und verschwand.

Zora starrte Leon verblüfft hinterher.

»Zora, was hat Leon zu dir gesagt?« Elli schoss prustend an die Oberfläche. »Hat er dich wieder beleidigt? Du guckst ja völlig entgeistert.«

Zora schüttelte den Kopf. »Nee, alles okay. Ich habe nur nachgedacht. Sag mal, wärst du gerne ein Delfin?«

Elli lachte. »Na klar. Warum nicht?«

Bevor Frau Bernstein wieder meckerte, schwamm Zora brav ihre Bahnen. Leon durfte sogar vom Fünfer springen und machte im Flug verrückte Schrauben. Sah ziemlich cool aus, musste Zora zugeben. Anscheinend war er nicht nur ein Delfin, sondern auch ein fliegender Fisch.

In Deutsch war er nicht so super. Das zeigte sich im Laufe des Vormittags. Beim Diktattest schnitt er mies ab. Zora hatte null Fehler. Und beim Vorlesen stotterte er und wurde knallrot. Echt merkwürdig.

»Was hast du denn heute mit Leon gequatscht im Schwimmbad?«, fragte Elli neugierig, als sie nach Hause radelten.

»Ach«, sagte Zora. »Er hat erzählt, er wäre als kleiner Junge fast ertrunken. Ein Delfin hat ihn gerettet oder so ähnlich.«

»Angeber«, sagte Elli. »So was gibt es nicht. Oder glaubst du ihm etwa?«

»Weiß nicht«, antwortete Zora. Und dann schwieg sie. Fast wie Marius.

Ganz schön verzwickt

Frau Bernstein überschüttete die 4a in den nächsten Tagen mit richtig viel Arbeit. Ganz schön fies bei dem schönen Spätsommerwetter. Aber jeden Morgen lag eine Spitztüte mit Süßigkeiten auf Ellis Platz, die Elli wortlos in ihren Turnbeutel steckte.

Wehmütig dachte Zora an ihre alte Lehrerin Frau Sorge. Die war inzwischen bestimmt schon in Australien und schwamm mit Delfinen um die Wette. Die hatte es gut. Zora und Elli schafften es weder zum Badesee noch auf ihren Rädern herumzukurven.

Der Protest war gar nicht in Gang gekommen. Suse Müller hatte immer noch keinen Artikel in der Zeitung veröffentlicht, dafür gab es ein Pinguin-Tagebuch zu den geschlüpften Tieren. Keiner kümmerte sich mehr, dachte Zora bitter. Das grüne Klassenzimmer war schon voller Unkraut und ihre alte Schule schlief den hundertjährigen Dornröschenschlaf.

Der kleine Marius sprach auch in den nächsten Tagen nicht. Aber er ging jeden zweiten zu Herrn Fuchs.

»Herr Fuchs sagt, dass Marius Fortschritte macht«, berichtete Frau Sturm.

»Und womit?«, fragte Zora. »Er sagt doch nichts.«

Frau Sturm zuckte mit den Achseln. »Herr Fuchs ist guter Dinge. Er hat Marius mit jemandem bekannt gemacht, dem es mal genauso ging. Das scheint Marius zu helfen.«

Zora runzelte die Stirn. »Ich finde, der Junge, der Marius ausgelacht hat, soll sich bei ihm entschuldigen. Richte das Herrn Fuchs aus.«

Am Abend schüttelte Zora den Hühnern ihr Herz aus. »Ihr kennt solche Probleme nicht«, sagte sie. »Ihr gackert ja ohne Luft zu holen vor euch hin.«

Als Zora es schon gar nicht mehr zu hoffen wagte, stand endlich etwas über die Sonnenschule im *Nordstädter Tag.* Zora wurde sogar mit vollem Namen genannt.

Die Hühneroma las den Artikel beim Frühstück vor. Die Überschrift des Artikels lautete: *Herzenssache*. Und dann beschrieb Suse Müller, wie sich Zora mit ihren Freunden dafür eingesetzt hatte, dass die Villa für die Kinder wieder renoviert wurde. Zora wurde mit dem Satz *Ich finde die Nordstadt-Schule doof, weil sie kein Herz hat* zitiert. Gleichzeitig erfuhr der Leser, dass das Haus unter Denkmalschutz stand und dass es zu einer Bibliothek umgestaltet werden sollte. Suse Müller war in dem Artikel ganz begeistert von dieser Idee und lobte sie über den grünen Klee.

»Was?«, schrie Zora entsetzt. »Eine Bibliothek? Das ist ja total beknackt. Wenn die Stadt dafür Geld hat, können wir doch auch weiter dort zur Schule gehen.«

Die Hühneroma war anderer Meinung. »Ich finde das super. Die Bibliothek im Rathaus ist viel zu klein. Und die Schule in der Nordstadt ist doch viel schicker, mit dem Schwimmbad. Gut gemacht von Herrn Schwalbe.«

Zora war das Schwimmbad egal. Aber das wusste die Hühneroma nicht.

Zora rannte ohne Frühstück aus dem Haus und wartete dort auf Elli.

»Zora, denkst du daran, Marius später von Herrn Fuchs abzuholen?«, rief ihr die Hühneroma durch das Fenster hinterher.

»Ich hab es auch gelesen«, sagte Elli zur Begrüßung. »Und Papa hat kein Wort davon erzählt.« Sie radelten betrübt in die Nordstadt.

Die anderen Sonnenkinder hatten auch schon von der Sache mit der Bibliothek erfahren. Astrid freute sich als Einzige von ihnen.

»Dann werden meine Vögel weitergefüttert«, jubelte sie. »Das ist das Wichtigste. Und dass ich mein Schnorchelabzeichen machen kann.«

»Das war es dann wohl mit unserer Schule«, sagte Max betrübt. »Ich gucke lieber Fernsehen. In der Bibliothek war ich noch nie.«

»Lasst uns trotzdem noch dagegen protestieren«, feuerte Zora ihre Mitschüler an. »Das können wir uns doch nicht gefallen lassen.«

Aber keiner hatte Lust darauf. Und es kam noch dicker.

In der Pause tuschelten die Nordstadt-Kinder miteinander, guckten in ihre Richtung und gingen weg, wenn sie sich zu ihnen stellen wollte. Im Sportunterricht wurde Zora mehrmals so angerempelt, dass sie hinterher ganz blaue Flecken hatte.

»Was ist denn hier los?«, fragte Zora Elli. Aber der war nichts aufgefallen.

In der letzten Stunde gab Frau Bernstein die Aufsatzhefte zurück. Zoras war der beste, Leons der schlechteste. »Das wimmelt ja nur von Fehlern«, sagte sie zu ihm. »Ich schlage vor, dass du das neue Referat zusammen mit Zora machst. Vielleicht kann sie dir helfen. Das Thema für alle lautet: *Mein Lieblingsplatz*. Abgabe in einer Woche.«

Zora schüttelte empört den Kopf. »Darauf habe ich aber keine Lust.«

Clara Bernstein sah ihre Schülerin ernst an. »Wenn man etwas besser kann als andere, sollte man helfen. Und jetzt will ich nichts mehr hören. Verstanden?«

Zora guckte genervt. Das hatte ihr noch gefehlt.

Bin ich die Heilsarmee?, schrieb sie auf einen Zettel und schob ihn zu Elli hinüber.

Elli kicherte und drehte den Daumen nach oben. In drei Schritten war Frau Bernstein bei Elli und beschlagnahmte den Zettel.

Sie las ihn und warf ihn wortlos in den Papierkorb.

Aaron meldete sich. »Die Nordschüler möchten einen Antrag stellen, Frau Bernstein.«

Frau Bernstein sah Aaron erstaunt an. »Und um was geht es?«, fragte sie. »Du hörst dich ja so ernst an.«

Aaron nickte. »Ist es auch. Wir haben uns in der Pause besprochen. Wir Nordschüler möchten nicht mehr, dass Zora unsere Klassensprecherin ist. Zora findet uns und unsere Schule doof. Und jetzt finden wir sie doof. Leon als einziger Klassensprecher reicht.«

Frau Bernstein seufzte. »Das ist ja verzwickt. Was sagst du dazu, Zora? Findest du die Schule wirklich so doof.«

Zora schwieg.

»Das stand ja heute in der Zeitung!«, warf die kleine Nora ein. »Mein Papa hat es beim Frühstück vorgelesen.«

»Weil sie kein Herz hat«, zitierte Aaron.

»Bestimmt ist es schon eine Weile her, dass sie das gesagt hat«, beschwichtigte Frau Bernstein. »Hast du deine Meinung geändert, Zora?«

Zora biss sich finster auf die Lippen und gab keine Antwort.

»Zora?«, hakte Frau Bernstein nach.

»Mir doch egal«, sagte Zora bockig. »Unsere Sonnenschule ist knallbunt, sie riecht nach frischen Kräutern, sie summt mit den Bienen und zwitschert mit den Vögeln … sie pocht eben wie ein Herz. Das ist hier alles anders.«

Die Sonnenkinder klatschten begeistert. »Bravo!«, rief Elli. »Zora, unsere Klassensprecherin!« Die Nordstadt-Kinder begannen ein Pfeifkonzert.

»Ruhe!«, rief Frau Bernstein. »Sofort ist Ruhe.« Sie ging eine Weile wortlos auf und ab. »Leon«, sagte sie schließlich. »Was sagst du? Bist du derselben Meinung?«

Leon zuckte mit den Schultern. »Kein Plan. Ich enthalte mich.«

»Dann lasst uns abstimmen«, schlug Frau Bernstein vor. Sie riss aus einem Blatt Papier Streifen und verteilte sie an die Schüler.

Nach etwas mehr als einer Viertelstunde stand das Ergebnis fest.

Fünfzehn Kinder hatten gegen Zora gestimmt, acht für sie, und ein Kind hatte sich enthalten. Zora war keine Klassensprecherin mehr.

»Tut mir leid, Zora«, sagte Frau Bernstein. »Aber wir müssen die Meinung der Mehrheit respektieren.« Sie notierte etwas in ihrem Kalender. »Trefft euch rechtzeitig, wegen des Referats, du und Leon. Ihr bekommt eine gemeinsame Note dafür. Habe ich mich klar ausgedrückt?«

Auch nach dem Gong zum Schulschluss blieb Zora wie angewachsen auf ihrem Platz sitzen und starrte vor sich hin.

»Ach, Süße«, jammerte Elli. »Das ist ja so gemein. Du tust mir so leid. Aber guck mal, es kommen auch wieder Sonnentage. Du kannst fast so gut Reden halten wie Papa. Weißt du noch, als er die Bürgermeisterwahl verloren hat? Da war er total fertig. Und im letzten Jahr hatte er absolute Mehrheit. Das geht Politikern oft so. Papa meint, Niederlagen kann man nicht früh genug lernen.«

Zora schnaubte. »Ich will unbedingt wissen, wer mich von den Sonnenkids nicht gewählt hat. Verräter …«

»Lass mich raten«, überlegte Elli. »Bestimmt Astrid und

Alma. Astrid, weil sie so begeistert vom Schwimmunterricht ist, und Alma, weil sie immer tut, was Astrid tut. Hast du dich enthalten?«

Zora schüttelte den Kopf. »Natürlich nicht. Ich hab für mich gestimmt.«

Max stand plötzlich in der Tür. »Von uns hat sich keiner enthalten«, sagte er. »Das muss einer von den Nordschülern gewesen sein. Vielleicht wirklich Leon. Das fände ich cool. Tut mir echt leid, Zora. Manchmal wenn du denkst, es geht nicht mehr, kommt von irgendwo ein Lichtlein her, sagt meine Oma.«

Zora sprang energisch auf. »Boah, ihr könnt mich mal mit euren weisen Ratschlägen. Aber echt.« Sie stürmte aus dem Klassenzimmer und rannte Leon beinahe über den Haufen. »Hey, Zora«, rief er ihr hinterher. »Nimm es nicht zu schwer. Wann wollen wir das mit dem Referat bequatschen?«

Aber Zora hörte ihn gar nicht mehr oder wollte ihn nicht hören. Sie düste auf ihrem Fahrrad davon.

Wieder einmal.

Ein echter Knaller

Zora radelte schnurstracks zur Sonnenschule. Sie warf ihr Fahrrad in die Büsche und setzte sich ins grüne Klassenzimmer. Dort weinte sie erst mal eine Runde. Gut, dass sie niemand sehen konnte. Seit drei Jahren war sie Klassensprecherin und jetzt das!

Wütend begann sie Unkraut zu zupfen. Zora las gerne und sie ging gerne in die Bibliothek. Wenn das hier nicht ihre Schule wäre, hätte sie die Idee mit der Bibliothek sogar gut gefunden. Im Rathaus gab es nur eine winzige Leseecke für Kinder. In der Villa war viel mehr Platz, auch für noch mehr Bücher. Trotzdem fand sie es gemein, dass man ihr ihre Sonnenschule einfach wegnahm.

Ein Eichhörnchen raste den Stamm der Rotbuche hinauf. Es turnte vergnügt von Ast zu Ast.

Zora seufzte. Wenn sie doch nur wieder auch so gut gelaunt sein könnte.

Frau Bernstein war gar nicht nett zu ihr gewesen. Sie hätte

das mit der Abwahl doch verhindern müssen. Stattdessen hatte sie ihr das blöde Referat mit Leon aufs Auge gedrückt. Zora hatte gesehen, dass er 42 (!) Fehler in seinem Aufsatz hatte. So viele Fehler hatte sie in allen ihren Arbeiten zusammen nicht gemacht. Durfte jemand, der so schlecht war, überhaupt Klassensprecher sein?

Plötzlich hatte sie eine Idee. *Mein Lieblingsplatz* hieß das Referatsthema. Für Zora war klar, was ihr Lieblingsplatz war: das grüne Klassenzimmer in der Sonnenvilla. Und Leon musste da wohl oder übel mitziehen. Sie freute sich jetzt schon über sein Gesicht. Dem Herrn Klassensprecher würde sie ganz schön einheizen.

Ihr Magen knurrte und sie guckte auf ihre Armbanduhr. Oh, Mist. Sie hatte ja versprochen, Marius von Herrn Fuchs abzuholen. Die Hühneroma wunderte sich sicher auch schon, warum sie nicht zum Mittagessen kam. Zum Essen war jetzt keine Zeit mehr.

Zora kramte das Handy aus dem Rucksack, das sie nur in Notfällen benutzen durfte, und rief zu Hause an.

»Spätzelchen, wie geht es dir, wo bist du?«, rief die Hühneroma in den Hörer und schimpfte gar nicht, dass Zora nach der Schule so getrödelt hatte. Bestimmt hatte Elli schon gepetzt.

»Alles gut, Oma«, sagte Zora. »Ich habe die Zeit übersehen. Ich düse jetzt erst mal zu Marius und esse später. Was gibt's denn?« Sie hatte plötzlich schrecklichen Hunger.

»Nudeln mit Salat und als Nachtisch Himbeereis, selbst gemacht«, sagte die Hühneroma.

»Lecker!«, rief Zora. »Mein Lieblingsessen.« Dann hatte sie wenigstens etwas, auf das sie sich freuen konnte. Sie verstaute das Handy wieder und radelte los.

Die Praxis von Herrn Fuchs war gar nicht weit von der Nordschule entfernt. Zora hätte sich gerne wenigstens eine Waffel im Schüli gekauft, sie hatte ein Gefühl kurz vor dem Verhungern. Aber Timo wollte sie jetzt auf keinen Fall über den Weg laufen. Vielleicht konnte sie Herrn Fuchs einen Keks abluchsen.

Fünf Minuten vor drei Uhr schloss sie ihr Fahrrad an und rannte die drei Stockwerke ohne anzuhalten hinauf.

»Guten Tag«, grüßte sie die Sprechstundenhilfe. »Ich bin Zora Sturm. Ich will meinen Bruder Marius abholen.«

Die junge Frau, die gar keinen Kittel anhatte wie die Sprechstundenhilfe beim Zahnarzt, sondern eine ganz normale Jeans mit Bluse trug, lächelte freundlich. »Super. Unser Marius macht große Fortschritte. Es dauert noch zehn Minuten. Setz dich ins Wartezimmer. Möchtest du einen Keks?« Sie hielt Zora eine Dose hin. »Bedien dich.«

Zora griff gleich die ganze Dose und verschwand damit im Wartezimmer. Hungrig stopfte sie drei Kekse mit Schokofüllung in sich hinein. Sie war wirklich ein Glückspilz, dass es hier ihre Lieblingskekse gab. Sie musste sich total zusammenreißen, dass sie die Dose nicht leer futterte. »Noch einen einzigen«, murmelte sie. Sie stand auf und gab der Sprechstundenhilfe die Dose zurück. »Danke«, nuschelte sie, den Mund voller Krümel.

Im selben Moment öffnete sich die Tür vom Gruppenraum und Marius hüpfte vergnügt in Zoras Arme. »Du drückst mir ja die Luft ab, Süßer!«, rief sie. Es machte sie total glücklich, ihren Bruder so fröhlich zu sehen. Aus dem Augenwinkel entdeckte sie Herrn Fuchs, er winkte ihr zu. Und gleich hinter ihm tauchte …

»Leon! Was machst du denn hier?« Sie ließ Marius los und starrte ihren größten Feind verdattert an.

»Zora!«, sagte Leon. Er schien genauso überrascht.

»Ihr kennt euch?«, fragte Herr Fuchs. »Das ist ja großartig.«

»Wir gehen in eine Klasse«, sagten Zora und Leon wie aus einem Mund. Leon starrte sie immer noch perplex an.

»Was macht der hier bei meinem Bruder?«, fragte Zora ungehalten.

»Leon, darf ich für dich antworten?«, sagte Herr Fuchs und schob Zora in den Gruppenraum. »Dein Bruder und Leon haben ein ähnliches Problem. Oder sollte ich besser sagen, Leon hatte es. Große Angst und eine daraus folgende Sprechstörung. Leon hat sie überwunden. Da er immer noch zu mir kommt wegen seiner Rechtschreibschwäche, fand ich es eine gute Idee, dass Marius ihn kennenlernt. Leon tut Marius gut. Ein echter Glücksfall. Hast du Ärger mit Leon? Den können wir sicher im Nu lösen.« Er strich Zora beruhigend über den Arm.

»Jede Menge Ärger«, rief Zora aufgebracht. »Ich möchte nicht, dass Leon zusammen mit meinem Bruder Sitzungen macht. Ich werde gleich mal meine Mutter anrufen.«

Sie zitterte vor Aufregung.

Marius rannte herbei und boxte Zora wütend.

»Leon ist mein Freund«, rief er. »Leon ist mein Freund. Leon ist mein bester Freund. Du darfst Mama nicht anrufen. Nein, nein. Doofe Zora.«

Herr Fuchs starrte Marius verdutzt an. »Marius!«, sagte er begeistert. »Genau. Schrei ruhig raus, was dir nicht passt.« Er strahlte wie der Weihnachtsmann. »Ich bin ja so stolz auf dich.« Er nahm Marius auf den Arm und drückte ihn fest an sich.

»Das ist wirklich eine riesige Freude, Zora«, sagte Herr Fuchs wenig später. »Dein Bruder ist über den Berg.«

Zora nickte. Ihr war ganz schwindlig von der Aufregung. »Tut mir leid, dass ich mich so nervig aufgeführt habe«, sagte sie. »Aber wenigstens hat es was gebracht. Marius spricht wieder. Krass.«

Herr Fuchs lachte. »Wie ein Wasserfall.«

Tatsächlich saßen Leon und Marius nebenan und Marius quatschte ohne Unterlass auf Leon ein. »... und ich hab ein Piratenschiff, ein ganz tolles, das musst du dir angucken und wir spielen im Sandkasten Titanic mit der Gießkanne und Zora hat mir zum Geburtstag einen riesigen Bagger geschenkt und hörst du Musik mit dem MP3-Player? ...«

Zoras Magen knurrte wieder laut und fordernd. »Du hast Hunger«, stellte Herr Fuchs fest. »Dafür muss man kein Therapeut sein. Möchtest du einen Keks?«

Zora schüttelte den Kopf. »Nee, danke, ich hatte schon. Wir gehen jetzt nach Hause. Es gibt Nudeln.« Sie guckte hinüber zu Marius und Leon.

»Morgen fangen wir mit dem Referat an«, flüsterte sie Leon zu, als sie mit Marius die Praxis verließ. »Zieh dich schon mal warm an.«

Dieser Tag war ein echter Festtag für die Familie Sturm. Marius redete, bis er todmüde ins Bett fiel.

»Mir tun die Ohren weh«, beschwerte sich Ben. »Du hast doch vorher nicht so viel gequatscht. Mama, Papa, Oma. Macht Marius das jetzt immer so?«

Gerade als Marius im Elternbett eingeschlafen war, begann Viktoria zu brüllen und hörte nicht mehr auf.

»Oh Mann«, stöhnte Zora und hielt sich den Kopf. »Ich halte das nicht mehr aus. Darf ich heute bei Elli schlafen? Trotz Schule?« Eigentlich durfte Zora nur am Wochenende bei Elli übernachten und umgekehrt. Aber heute machten die Eltern eine Ausnahme.

Die Hühneroma hatte für ihre Doppelkopfrunde Marmorkuchen gebacken und steckte Zora die Reste zu. »Für ein kleines Mitternachtspicknick«, zwinkerte sie. »Aber eine Sache musst du mir verraten. Marius' Leon – ist das dein Leon?«

»Oma«, sagte Zora empört. »Das ist doch nicht *mein* Leon. Aber ja. Es ist *der* Leon, aus meiner Klasse. Verrückter geht's echt nicht mehr.« Sie verschwand hinüber zu Elli.

»Alter Schwede!«, schrie Elli. »Leon? Ausgerechnet Leon? Süße, du tust mir ja so leid. Erst die Abwahl und jetzt das. Aber Ämter sind auch eine Last …«

Zora grinste. Der letzte Satz hörte sich eher nach Herrn Schwalbe als nach Elli an. Sie mampften schweigend den Marmorkuchen mit Orangenlimo. »Morgen schleppe ich Leon zur Villa«, sagte Zora schließlich. »An *meinen* Lieblingsplatz für *unser* gemeinsames Referat.«

Elli kicherte. »Du bist eine echte Hexe. Ich möchte dich nicht zur Feindin haben. Aber zur allerbesten Freundin.« Sie verzogen sich nach dem Zähneputzen ins Bett. »Heute gucken wir bis Mitternacht Fernsehen«, kündigte Elli an. Sie hatte nämlich einen eigenen Fernseher in ihrem Zimmer. Bei Familie Sturm gab es nur so eine winzige Röhre bei der Hühneroma. Aber Zora war so erschöpft vom Tag, dass sie nach fünf Minuten einschlief.

Zora und Leon

Als Zora sich am nächsten Morgen auf ihren Platz setzte, lag dort ein gefaltetes Blatt. »Ich wusste nicht, dass Marius dein Bruder ist«, stand darauf. Ach nee. Und was änderte das?

Sie schrieb »*AHA*« als Antwort. Und darunter:

> Referatstreffen heute 15 Uhr, alte Villa (früher Sonnenschule) in der Südstadt.
> Sei pünktlich!!!

Zur Sicherheit malte sie mehrere Ausrufezeichen. Jungs waren nie pünktlich. Nicht mal Papa. Sie faltete das Blatt wieder und schob es auf Leons Platz.

Zum ersten Mal seit zwei Wochen lag auf Ellis Platz keine Spitztüte mit Süßigkeiten. Elli runzelte die Stirn. »Hey, Timo«, sagte sie. »Hast du nicht was vergessen?«

Timo schaute Elli gerade ins Gesicht. »Wenn du die Zuckerschlangen meinst, nö. Du isst sie ja eh nicht. Ich gebe mich geschlagen.«

Elli guckte verdattert. »Jetzt sei doch nicht gleich beleidigt. So hab ich das nicht gemeint.« Sie schüttelte verwirrt den Kopf.

In der Pause zog sie immer noch ein Gesicht wie drei Tage Regenwetter.

»Zora, kannst du nicht eine Zuckerschlange für uns kaufen? Ich hab voll Hunger darauf und mein Taschengeld zu Hause vergessen.«

Zora guckte empört. »Du hast doch eine riesige Tüte von dem Süßkram zu Hause. Mich wundert es, dass Timo nicht schon früher aufgegeben hat.«

Elli zuckte mit den Achseln. »Wieso denn?« Sie starrte hinüber zum Schüli.

Dort verteilte Timo die bestellten Vanillemilch- und Kakaoflaschen. »Ich frag ihn, ob er mir Kredit gibt«, sagte sie und wanderte hinüber zum Kiosk.

»Hey, Timo«, sagte sie und guckte ihm eine Weile bei der Flaschenausgabe zu. »Alles klar?«

Timo nickte. »Klar. Bei dir auch alles klar?«

»Klar«, antwortete Elli. Eine Weile sagten die beiden gar nichts.

»Ich hab mich was gefragt«, sagte Elli.

»Was denn?« Timo stapelte die leeren Flaschenkisten übereinander.

»Ich frage mich, ob du mir Kredit gibst auf zwei Zuckerschlangen? Bis morgen?«

Timo zuckte mit den Schultern. »Könnte sein«, sagte er und schaute Elli an.

»Okay«, sagte Elli. »Dann tu es doch einfach.« Sie sah ihm zu, wie er zwei Zuckerschlangen in die Tüte steckte. »Und vielleicht noch eine Maus, oder zwei?«, sagte sie. Sie nahm ihm die Spitztüte ab und holte eine der Schlangen heraus. »Hier, willst du eine?«, fragte sie und hielt sie ihm hin. »Außerdem wollte ich dich zu meinem Geburtstag einladen. Aber nur, wenn du Zeit hast.«

Timo guckte überrascht. »Aber der ist doch erst in einem halben Jahr.«

Elli nickte. »Ja, klar. Aber könnte ja sein, dass du dann schon was vorhast. Dazwischen können wir ja mal ins Kino gehen. Oder so.«

Sie drehte sich abrupt um und rannte zurück zu Zora. »Oh Mann, sehr gesprächig ist der Junge ja nicht«, sagte sie kauend. »Hoffentlich hast du mit Leon heute Nachmittag weniger Stress.«

Zora erinnerte sich an Ellis Satz, als sie auf der Bank im grünen Klassenzimmer saß und auf Leon wartete. Der Junge war zu spät. Genau wie Zora vermutet hatte.

In diesem Augenblick kam Leon auf seinem Fahrrad um die Ecke gebrettert.

»Tut mir leid«, keuchte er und sprang aus dem Sattel. »Ich hatte einen P-P-P-Platten.« Er ließ sich erschöpft neben Zora auf die Bank fallen und holte eine Spitztüte mit weißen Mäusen heraus. »Hier. N-N-Nervennahrung.«

Zora starrte Leon verdattert an. Stellte sich die Frage, wer hier mehr von der Nervennahrung nötig hatte. Leon stotterte ja genau wie Marius. Das machte er doch sonst nicht.

»Das mach ich sonst nicht«, sagte er, ohne über die Buchstaben zu stolpern.

Zora dachte nach. »Okay.« Sie dachte noch länger wortlos nach und kaute auf einer weißen Maus herum.

»Du hast jetzt aber keine Angst, oder? Eventuell vor mir?« Sie ahnte, dass das eine sehr riskante Frage war, und bereitete sich darauf vor, dass Leon sich total aufregte darüber.

Aber er sagte bloß: »Doch. Sieht danach aus.«

Zora bohrte nach. »So wie damals, als du ganz klein warst und später der Delfin auftauchte?«

Leon nickte. »Da war es allerdings eine Qualle, vor der ich Angst hatte. Und wegen der ich nicht mehr sprechen konnte.«

Zora schrie auf. »Krass. Und ich bin jetzt quasi deine Qualle.«

Leon lachte. »Ein bisschen ja, ein bisschen nein.«

Zora nickte. »Danke. Und solche Geschichten hast du auch meinem Bruder erzählt und jetzt hat er keine Angst mehr, mich anzubrüllen?«

Leon lachte wieder. »Ja, genau. Aber eigentlich soll er die Kinder zurechtstutzen, die ihn verspottet haben. Damit sie ihn nicht mehr auslachen. Es hilft nämlich weniger, wenn die Erwachsenen mit den Kindern meckern.« Er sah sich neugierig um. »Das ist dein Lieblingsort? Hier war ich noch nie.«

Zora nickte. »Die Sonnenschule. Total gemütlich hier.«

Leon holte eine kleine Digitalkamera aus seinem Rucksack. »Wir könnten Fotos machen für das Referat. Das ist alles so schön hier, das kann man mit Bildern besser beschreiben als nur mit einem Satz. Obwohl … knallbunt, sie riecht nach frischen Kräutern, sie summt mit den Bienen und zwitschert mit den Vögeln … hörte sich schon sehr gut an.«

Zora strahlte ihn an. »Wow. Das hast du dir gemerkt? Jedenfalls tolle Idee mit den Fotos. Die können wir ausdrucken und dazwischenkleben, okay?«

Leon begann sofort zu fotografieren und zeigte Zora die Fotos auf dem Display. »Und als Unterschrift, ganz am Ende des Referats, machen wir ein Selfie«, schlug er vor. Das machte er gleich jetzt. »Was wir im Kasten haben, das haben wir …« Er stotterte nun gar nicht mehr. Vermutlich hatte er vergessen, dass er vor der Qualle Zora Angst hatte, dachte sie vergnügt.

In den nächsten Tagen gaben sie sich richtig viel Mühe. Zora sammelte alles, was sie in der Bibliothek zu der alten Villa finden konnte. Die war nämlich schon 290 Jahre alt. Leon fotografierte die Verkaufsurkunde des ersten Besitzers.

»Und dann schreiben wir auf, was an diesem Platz so schön

ist, dass er ein Lieblingsort ist«, sagte Zora. »Abwechselnd jeder einen Satz.«

Sie kauten den berühmten Marmorkuchen von der Hühneroma, den Zora täglich als Proviant mitbekam. Damit das Referat besonders gut wurde.

»Wenn unser Referat fertig ist, kannst du ja mal bei uns vorbeikommen und die Hühneroma kennenlernen und natürlich unsere Hühner und meine vielen Geschwister. Wie viele Geschwister hast *du* denn?«, fragte Zora.

»Gar keine«, sagte Leon. »Ich bin Einzelkind. Und meine Eltern arbeiten jeden Tag sehr lange.« Er drehte den Kopf weg und verstummte. Hörte sich für Zora so an, als wollte er nicht darüber reden. Merkwürdig.

Als Zora das später Elli erzählte, wackelte die bedenklich mit dem Kopf. »Das klingt aber sehr seltsam«, sagte sie. »Ich glaube, Leons Eltern sind stinkreich und sehr ehrgeizig. Ich habe sie ja damals im Schwimmverein gesehen. Die sahen echt streng aus und Leon wirkte so ängstlich wie eine Maus.«

Das konnte sich Zora ganz schlecht vorstellen. Vielleicht übertrieb Elli ja. Das machte sie manchmal. Aber wenn Elli recht hatte, würde Zora Leon seinen Tipp zurückgeben. Er konnte sich doch einfach vorstellen, er sei ein wilder Löwe.

Pünktlich zum Abgabetermin war das Referat von Zora und Leon fertig.

Sie waren total stolz auf ihr Werk. Hoffentlich gefiel es Frau Bernstein genauso. Zora hatte die Rechtschreibung ganz genau kontrolliert. Alles stimmte. Aber am tollsten waren sowieso die Fotos.

Frau Bernstein nahm sich extra das Wochenende frei, um alle Referate gewissenhaft zu prüfen. Gleich am Montag kam sie mit dem Stapel Arbeiten ins Klassenzimmer gestürmt. »Ich bin sehr begeistert!«, rief sie ihren Schülern entgegen. »Ihr habt euch so viel Mühe gemacht. Wir wollen ein paar kleine Texte vorlesen, damit wir uns alle ein ganz genaues Bild von unseren Lieblingsorten machen können. Zur Belohnung hat die Klasse einen Wunsch frei, also überlegt euch, worauf ihr Lust habt. Ein Picknick oder Eis essen gehen. Aber erst einmal beginnt Astrid.«

Mit hochrotem Kopf las Astrid vor, warum sie so gerne im Schwimmbad war. Zum ersten Mal konnte sich Zora in jemanden hineinversetzen, der eine echte Wasserratte war. Max las vor, dass er am liebsten bei seinem Opa in dessen Waldhütte war und mit ihm die Bienen versorgte. Max hatte sogar ein Glas Honig für das Klassenfrühstück spendiert.

»Über ein Referat habe ich mich besonders gefreut«, sagte Frau Bernstein. »Es ist nicht nur schön und fehlerlos geschrieben, es enthält wunderbare Fotos, sodass wir uns diesen Lieblingsplatz sehr gut ausmalen können. Manche von euch kennen ihn bereits, und den anderen Kindern rate ich, sich das Referat durchzublättern. Die Ordner liegen hier in der Klasse eine Woche aus und wir werden sie auch bei der Weihnachtsausstellung in einer Vitrine präsentieren.« Sie ließ ihren Blick durch die Klasse wandern. »Unsere Sturm-und-Donner-Gruppe, Zora und Leon. Wer von euch liest ein Stückchen vor?« Sie guckte Zora an.

Zora guckte Leon an.

Leon nickte.

»Wir lesen beide«, antwortete Zora.

»Jeder einen Satz«, ergänzte Leon.

Sie gingen gemeinsam nach vorne und legten los.

Zora: »Mein liebster Platz ist das grüne Klassenzimmer, das zur alten Villa gehört.«

Leon: »Die schöne Villa ist schon fast dreihundert Jahre alt, mit vielen hohen Bäumen draußen und Geheimnissen drinnen.«

Zora: »Wenn man auf der Bank des grünen Zimmers sitzt

und die Augen schließt, hört man plötzlich ganz seltsame Stimmen und Geräusche.«

Leon: »Es sind die Schulkinder, die hier fast zweihundert Jahre über den Hof getobt sind und die Schulbänke gedrückt haben.«

Zora: »In den letzten Jahren wurde das grüne Klassenzimmer unser zweites Kinderzimmer.«

Leon: »Es wurden von den Schulkindern Blumen gepflanzt, Kräuter, ein Vogelhaus wurde aufgestellt, sogar Bienen und andere Insekten kamen zu Besuch.«

Zora: »Seit dem Sommer ist das Schulgebäude verwaist, aber wenn Leon und ich auf der Bank weiße Mäuse naschen, können wir immer noch fühlen, wie es hier mal war.«

Leon: »Ich hatte nie Unterricht im grünen Klassenzimmer, aber es wäre schön, wenn die Nordschule auch einmal so bunt werden würde wie die Sonnenschule.«

Ohne einmal zu stocken oder zu stottern, hatten Zora und Leon ihren Text gelesen. Zora nahm Leons Hand und drückte sie. Das passierte einfach so.

Plötzlich sprangen die Kinder der 4a auf und jubelten. »Bravo, super! Das ist der Knaller!«, brüllten sie durcheinander.

Frau Bernstein lächelte froh. »Das ist wirklich eine glatte Eins für euch beide. Super gemacht, Kinder.«

Als Zora beim Abendessen von der Schule erzählte, hörte sich das zum ersten Mal begeistert an und alle freuten sich für sie.

»Ist Leon jetzt auch dein bester Freund?«, fragte Marius.

»Weiß ich noch nicht«, sagte Zora. »Wir hassen uns jetzt nicht mehr, das finde ich schon cool.«

Am nächsten Morgen verschlief die ganze Familie Sturm und Vater Sturm brachte Zora und Elli mit dem Postauto zur Schule. Frau Bernstein war schon im Klassenzimmer, es hatte bereits zum Unterricht gegongt.

Frau Bernstein wedelte mit einem Umschlag herum.

»Diese Post fand ich heute auf meinem Pult«, sagte sie. »Ich würde euch den Brief gerne mal vorlesen.«

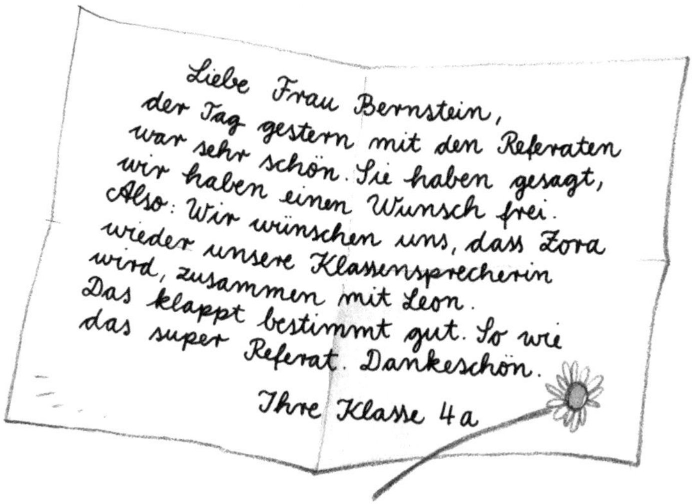

Frau Bernstein lächelte. »Tja, Wünsche soll man ja erfüllen. Aber vielleicht ist ja trotzdem noch eine Runde Eis drin, bevor der Winter kommt.«

Sie sah Zora an. »Nimmst du die Wahl an, Zora Sturm?«

Zora nickte. »Na klar«, sagte sie. Und schon wieder lief ihr eine Träne über die Wangen. Oh Mann. Wenn das so weiterging, war sie zum Ende des Schuljahres eine richtige Heulsuse. Und eine heulende Bürgermeisterin konnte die Stadt wirklich nicht brauchen.

»Prima«, freute sich Frau Bernstein. »Wir brauchen unser Team nämlich für ein neues Abenteuer: **Unsere Schule soll schöner werden.** Trauen wir uns zu, diesen Wettbewerb zu gewinnen?«

Zora und Leon wechselten einen kurzen Blick und hielten die Daumen hoch. Aber klar. Die anderen Schulen konnten sich schon mal sehr warm anziehen.

ENDE

© anouk

Usch Luhn, geboren in der Steiermark, arbeitete beim Kinderfernsehen und beim Radio, unterrichtet Dramaturgie und schreibt Drehbücher. Vor fünfzehn Jahren erschien ihr allererstes Kinderbuch bei Ueberreuter. Seither hat sie sich in die Herzen von unzähligen Kindern geschrieben. Zu ihren erfolgreichen und beliebten Reihen zählen die »Nele«-Bücher und »Ponyherz«. Sie lebt abwechselnd in Berlin und am Wattenmeer und geht mit ihren Büchern furchtbar gerne auf Lesereisen.

Usch Luhn
Die Chaos-Klasse
Tumult am Pult (Bd. 2)

128 Seiten
Hardcover
ISBN 978-3-7641-5105-8

ebook **Auch als E-Book erhältlich!**

Tumult am Pult

Zora und Leon sind ein super Klassensprecher-Team – außer, wenn sie mal wieder unterschiedlicher Meinung sind. So wie beim großen Schulverschönerungswettbewerb zum Beispiel. Doch den Hauptpreis, eine Klassenfahrt, kann die Chaos-Klasse nur gewinnen, wenn alle an einem Strang ziehen. Bis es so weit kommt, müssen lediglich ein großes Geheimnis aufgeklärt, ein Streifenhörnchen gerettet und eine blitzgescheite Idee gefunden werden ...

www.ueberreuter.de
www.facebook.com/UeberreuterBerlin